THE BATTLES OF TOLKIEN

托尔金的
战争

[加] 大卫·戴 著
汪梦琦 译

北京时代华文书局

目　录

引　言
　　战争中的托尔金　9

第一部分　维拉纪元之战
　　天堂之战　16
　　第一次战争　20
　　众神之战　24

第二部分　第一纪元之战
　　精灵宝钻争夺战　36
　　　　精灵宝钻、三宝磨与圣杯　40
　　骤火之战　42
　　　　精灵宝钻远征　50
　　泪雨之战　54
　　愤怒之战　62

第三部分 第二纪元：精灵与努门诺尔人之战

  索伦与精灵之战　　70
  努门诺尔人之战　　76
  精灵与人类的最后联盟　　82

第四部分 第三纪元：杜内丹人之战

  金鸢尾沼地之祸　　90
    北欧神话中的指环王　　92
    桑盖尔　　96
  北方王国阿尔诺之战　　98
  南方王国刚铎之战　　104

第五部分 第三纪元：矮人族之战

  矮人族与恶龙之战　　114
  五军之战　　122
    金龙斯毛格　　123
    贝奥武甫及他的战斗　　126

目录

换皮人贝奥恩　127

作战策略　128

群鹰　129

第六部分　魔戒大战

卡扎督姆桥之战　140

　　道德炼金术　142

　　炎魔　144

号角堡之战　150

　　白袍巫师与黑袍巫师　157

树人进军艾森加德　162

佩兰诺平原之战　172

　　执盾女士与那兹古尔　183

魔栏农之战（黑门之战）　192

傍水镇之战　210

战争与荣光　224

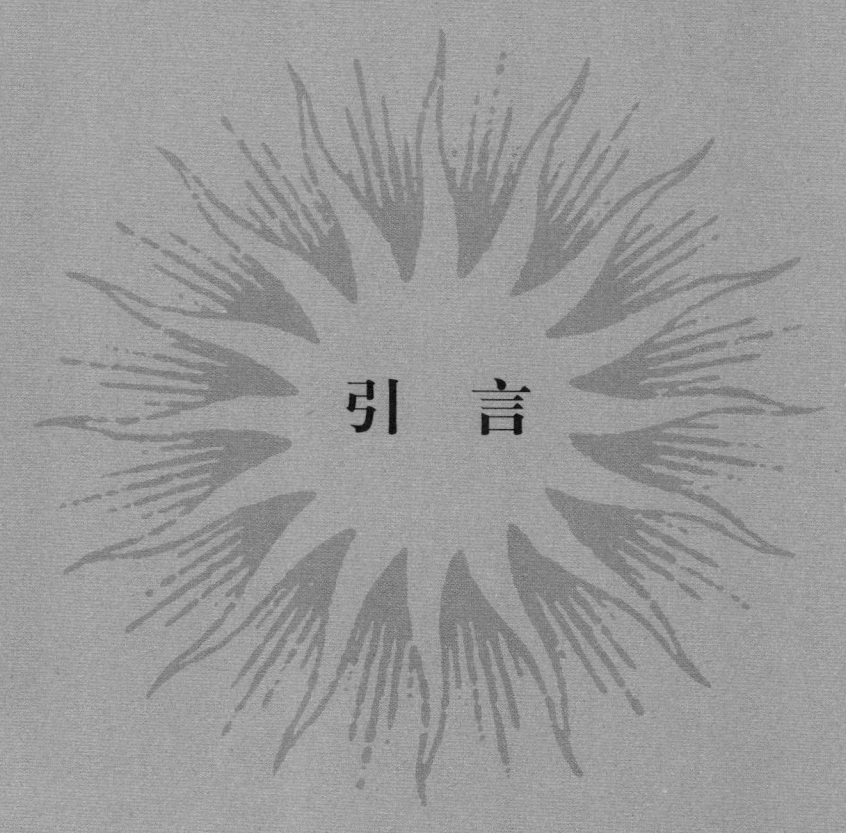

米尔寇的大军

引 言

从 J.R.R. 托尔金的阿尔达世界创世至魔戒大战结束，即约 3.7 万年①后，惨烈的战争连同其中的关键战役一起决定了这个世界的演变与历史进程。在记录这些发生在中土世界与不死之地的事件的过程当中，托尔金采用了一种与现实世界历史学家们相似的手段。

和现实世界的编年史相近，托尔金的种族与国家年鉴记录了每一个文明创造艺术方面的成就、伟大的城市建筑以及技术领域的天才们。这一年鉴同样在很大程度上侧重于战争所扮演的重要角色，战争让各个帝国经历了兴衰起伏。

毋庸置疑，在一次次战役与战争当中，国家与种族的命运最终成形。对所有国家而言（将现实世界与想象世界都考虑在内），正是在这些关键的战役之中，他们远近驰名的英雄们经受着勇气与智慧的终极考验。此外，这些战争同样是所有伟大文明民族史诗的重

---

① 这一"3.7万年"的估算基于一份托尔金本人制作的早期年表。然而，仍有另一份（有可能更早）托尔金的叙述表明，阿尔达世界有着5.7万年的历史。不过，具有争议的2万年在阿尔达的历史中过于久远，实则没有具体事件发生。因此，笔者选择使用托尔金首次发表的时间跨度。

托尔金的战争

要主题:如希腊的《伊利亚特》、德国的《尼伯龙根之歌》、挪威与冰岛的《老埃达》、印度的《摩诃婆罗多》和美索不达米亚的《吉尔伽美什史诗》。

在托尔金的中土世界,《指环王》当然可以比作希腊的《伊利亚特》。但区别在于,不同于托尔金,荷马并不需要创作出整个世界在特洛伊战争开始之前的演变过程、地势地貌、历史以及神话传说。

在《托尔金的战争》一书中,我们会近距离观察阿尔达3.7万年历史中发生的战争与战役。在决定托尔金笔下种族、国家与文明命运的宏大战场上,我们将探寻其中的军队、武器与战术。而这些因素也会与现实世界、文学、神话故事中出现的战争、历史事件相互比较。

其他的一些书籍也在尝试再现战争、战场及其中的战士。但本书的独特之处在于,结合所有的要素,配合高质量的插图,通过相应的评论来帮助读者理解托尔金对战争这一灾难性事件的道德评判与哲学思考。从趣味性的角度而言,托尔金笔下的战役堪比各式各样的战争游戏,他对冲突的戏剧性描述甚至要比游戏《龙与地下城》的各类衍生战斗更胜一筹。

引 言

精灵之城提力安

托尔金的战争

我们可以发现,托尔金所描写的战争与他眼中善与恶的本质,以及相应的道德冲突息息相关。他此前曾评论道:"如同所有艺术形式一样,神话与童话故事必须在解决方案中反映且包含道德与宗教真理的要素。"虽然这些战争清晰地划分出了战线,但它们绝不简单。正如半精灵埃尔隆德所说的那样:"没有什么从一开始便是邪恶的,即便索伦也并非如此。"我们知道那些"邪恶的"兽人和食人妖是从"善良的"精灵与树人衍生而来。即便是炎魔也曾经是聪颖、善良的迈雅一族中的烈火之魂。

托尔金的道德哲学以及他对心理层面的善良与邪恶本质错综复杂的描述(这一复杂的特点在斯密戈/咕噜分裂的人格上面表现得最为显著),让战争与战役不再简单成为描写英雄行为的一出好戏。

托尔金笔下战争的内在冲突,在于道义上正当的统治权与为了追求权力而隐藏于欲望之下的堕落心理之间的矛盾。这一内在冲突的基础是哲学思想的矛盾,即相信自由意志、不相信命运与向命运屈服之间的矛盾。

在现实生活中,托尔金是一位维多利亚时代的君主主义者,他相信君主立宪制下的世袭统治。然而,在他所创造出的中土世界当中,他接受了中世纪童话故事当中基于君主后裔的半神权统治传统。这种思想也体现出他对托马斯·卡莱尔观点的认同,即"世界历史不过是一部伟人的传记"。

引 言

因此,在托尔金中土世界年表中的关键时刻,"伟人"(包括女性)依然挺身而出(不论为了正义还是邪恶的目的),改变了历史的进程。

在《指环王》一书中,阿拉贡便是英雄中的典型。相较而言,他的出身一般,却能够凭借自己的勇气以及指挥才能,抓住眼前的机遇,改变了世界。

然而,在中土世界,托尔金用一种更为人道和仁慈的观点来阐释这些典型英雄人物的故事,而不是机械地讲述命运的运作方式。尤其是在魔戒圣战中,战役的转折并非源自那些显而易见的英雄或反派人物的行为,而是由一些没有英雄气质、最令人意想不到的个人完成的。诚然,正如托尔金本人所言:"历史上伟大的政策、'世界的车轮'常常并非由王公贵族甚至是神明推动,而往往是由那些看上去无知、弱小的人们推动的。"在托尔金的世界里,那些偶然成为英雄的人们,因为机遇或是幸运的眷顾,出现在了至关重要的时刻,证明他们是我们眼中"命运"或"定数"的兑现者。

要提醒读者注意的是,本书中出现的地图均为受到托尔金作品启发、基于艺术创作者的想象所绘制的作品。这些地图作为插图出现,其解释功能与书中其他角色、生物与风景的原创插图相同,因此这些地图有一定见地,但并不具有权威性。

总而言之,《托尔金的战争》一书中的地图、插图、图表以及评论是为了指导并帮助读者阅读、理解托尔金作品而出现的。但是,它们并不能够替代原著当中对宏大战争场面的全面而生动的描写。所以,对于每一场战争,本书都会给出原著中的参考文献以及它们在托尔金作品中的主要来源。

引 言

战争中的托尔金

战争始终是托尔金想象世界中的重要组成部分，毫无疑问这与他在两次世界大战中的经历以及对于欧洲文学（尤其是盎格鲁-撒克逊史诗）、古代欧洲战争史的研究息息相关。

· 1914 年，英国对德国宣战。为完成学业，托尔金延缓入伍。

· 1915 年，参加志愿军，被任命为兰开夏郡燧发枪团第 13 营少尉，参加传令官培训。

· 1916 年，前往法国，作为传令官参加进修。在索姆河战役中参与两次进攻，这场战争共导致逾百万名同盟国与协约国士兵丧命。托尔金因"战壕热"疾病退伍回家——很可能正是这场疾病挽救了他的性命。

· 1917 年，托尔金忍受着因"战壕热"所产生的伤寒症状的折磨，开始创作《贡多林的陷落》以及其他故事，这些故事最终共同组成了《精灵宝钻》一书。

· 1918 年，托尔金因病继续在英国处于半退伍状态，他回到家乡的服务营，并晋升为中尉。

托尔金的战争

·1920 年，被授予利兹大学英语文学学科准教授职称。

·1925 年，被任命为牛津大学彭布罗克学院担任盎格鲁-撒克逊语的劳林森与博斯沃思教授，并在后续 20 年持续担任这一职务。

·1937 年，《霍比特人》出版。

·1938 年开始创作《霍比特人》续篇，后逐渐编撰成为《指环王》一书。

·1939—1945 年的第二次世界大战期间，因希特勒对日耳曼北部地区高尚传统的破坏腐蚀，托尔金将希特勒描述为一个"该死的蠢货"。托尔金继续《指环王》的创作。他的两个儿子迈克尔和克里斯托弗参军。迈克尔在参加战斗机炮手训练时受伤，但活了下来。战争在欧洲结束，随后在日本也画上了句号。托尔金看到第一枚原子弹爆炸的新闻，大感惊愕。他认为这一事件愚蠢至极。

·1954—1955 年，《指环王》出版。

·1977 年，《精灵宝钻》出版。

第一部分

维拉纪元之战

阿尔达诞生

天堂之战

第一部分 维拉纪元之战

在《精灵宝钻》中,托尔金向读者介绍了他的宇宙的起源,在时间的开端与实际的创世过程之前,便有一场大战。在托尔金看来,这样的冲突对所有故事来说都是不可或缺的:"没有堕落便没有故事——所有的故事都能够归结为堕落。"因此,从他对宇宙起源的构思来看,托尔金认为宇宙起源于"一次堕落,一次天使的堕落"。

在对这场天使之间战争的描写过程中,托尔金运用了一种与世界上大部分伟大的信仰体系相同的起源神话。在基督教中,宇宙的起源出现在约翰启示录之中:在天使长米迦勒的带领下,天使们击败了被逐出天堂的撒旦。

托尔金宇宙的创造者是"独一之神"一如,而他意念的后代便是天使们,又称爱努或神圣者。

扮演撒旦这一角色的天使是米尔寇,他的名字意为"强势崛起者",而"受佑护者"曼威的角色便等同于天使长米迦勒。这一冲突的战场是由"万物之父"一如·伊露维塔所创造的永恒维度,又称永恒大殿。

托尔金的战争

和托尔金笔下的爱努们的战争一样,圣约翰的天使之间的战争被认为是一场在时间开始之前发生的战役,而这也反映出在时间的尽头会有另一场大战。除了启示录中具体的文字参考,这一天使间的战争主题也能够从《希伯来圣经》的一些段落和几个世纪以来描绘天使之战的基督教艺术作品当中得到证实。

在文学作品中,描写天堂之战最有名的作品莫过于约翰·弥尔顿的《失乐园》。在这部作品当中,路西法带领着大批反叛天使同上帝对抗,最终遭遇失败,并被逐出天堂。托尔金作品中则是米尔寇在永恒大殿反抗一如。两次斗争都与被造物内在的道德力量有关,同时也预示了未来世界的战争。然而,托尔金的叙述完全基于原创,

第一部分 维拉纪元之战

并且与其他造物神话不同：托尔金的天堂之战以天使们唱诗的声音之战展开，即爱努们演唱由"独一之神"一如所创作的大乐章。

在爱努们的音乐中，米尔寇的声音引发了争斗，演变成了声音的战争：和谐与纷争两个彼此对立的主题编织着阿尔达的未来。归根结底，在托尔金宇宙中，音乐是所有被造物背后的构建原则。

然而，即便托尔金作品中爱努的音乐是原创的造物神话，其概念与一个被称为"音乐宇宙"的古老主题完全一致。这是欧洲精神生活中一个最为古老而持续的主题：一个形而上学的音乐-数学系统的观念，起源于古希腊神秘主义者毕达哥拉斯和哲学家柏拉图，这一观念作为艺术与科学的核心，其影响持续了两千多年的时间。天定而永恒的无上之智指引着"音乐宇宙"这一极为和谐的宇宙系统。

虽然"音乐宇宙"系统自工业革命、科技进步以来便逐渐消亡，但即便是在托尔金生活的时代，甚至在那之后，这一宏大的主题始终都在赋予作曲家与画家创作的灵感，用来表达天体之间的协调以及宇宙当中存在的秩序。

在托尔金的作品中，爱努的音乐处于宇宙的史前部分，预言了之后精灵、人类文明所面临的所有战争。这一系统同"音乐宇宙"系统一样，一方面允许自由意志的存在，另一方面在时间的开端便预测了未来，在善良与邪恶势力之间的全部战争都会被编排进一支天籁当中。

第一次战争

时间：维拉纪元

地点：阿尔达

第一部分 维拉纪元之战

爱努音乐中的不谐之音鲜有记录，即便托尔金对天堂之战的叙述生动形象，这场战争也仍然处在永恒维度之内，没有凡人能够理解。

但是，托尔金告诉我们，一旦爱努进入阿尔达，这些天使穿上"大地的衣饰"就能够获得形体。在这些形体之内，他们可能会被当作"同一秩序下，存在于高等神话中，作为美丽、强壮、威严的神明的存在"。他们成为维拉和迈雅，并且开始塑造这个世界。从这方面来讲，托尔金的阿尔达世界与全世界的神话有着很多共同点，它们都把地理的塑造作为超自然存在物之间战争的结果。

在古希腊提坦之战的故事中，大部分的希腊世界都是由提坦和巨人共同对抗神祇而形成的。提坦将山峦堆叠起来，想要在同奥林匹亚众神的战争之中占得上风。托尔金笔下米尔寇与众维拉的第一次冲突致使群山倒塌，海洋沸腾，从而导致阿尔达伤毁。

战争直到维拉们请来"勇者"托卡斯才告一段落，托卡斯的原型便是希腊神话中的赫拉克勒斯。托卡斯令人望而生畏，米尔寇不敢向他挑战，转而消失在了太虚的黑暗当中。

托尔金的战争

光明与混乱的黑暗之间的对抗是希腊造物神话中一个重要的部分，在托尔金的作品中也是如此。战后，维拉们建造了两盏巨灯：北方的伊路因和南方的欧尔瑁，在阿尔玛仁岛成立了他们的第一个王国。与之相似，希腊众神在四座灯塔将天地分开后也成立了奥林匹斯。

然而，这一长久的和平却最终在米尔寇重新潜入阿尔达，推倒巨灯后被打破。在托尔金宇宙中，光明的再一次回归象征着秩序的重建，即维拉们建立了维林诺王国，栽下象征着光明的双圣树。不久，两棵树上生长出的果实成了太阳和月亮。这一思路可能来源于赫斯珀里得斯花园的神话。正如叶芝笔下描写的那样，施过魔法的树结出了"月亮的银苹果／太阳的金苹果"。

第一部分 维拉纪元之战

奥力——开辟群山之人

众神之战

时间：星辰纪元

地点：中土世界西北部

第一部分 维拉纪元之战

众神之战是一次重要的战争，在星辰纪元，它为漫长的解救精灵之战画上了句号。这一战可以在古希腊罗马的神话故事中找到先例，而相似的战争也可以从民间的宗教传说中觅得踪迹。

维拉之后瓦尔妲·埃兰塔瑞，又称"高贵的星辰之后"，等同于希腊神话当中与处女座有着联系的阿斯特莱雅（意为"星之少女"）。瓦尔妲重新点燃了中土世界的繁星并唤醒了精灵。

精灵们在中土世界的最东端苏醒，因此维拉并没有察觉，而米尔寇则发现了他们。米尔寇将精灵们监禁起来，大肆折磨，将他们扭曲为残忍的兽人族。在这部分内容当中，托尔金不但将我们在童话故事中熟知的恶魔（ogres）形象加以延伸，又令其形象进一步黑暗化。他解释道："'orc'一词是我从盎格鲁-撒克逊文化当中衍生得来的，意思是恶魔。"这一词语源于"orcos"，即在罗马-伊特鲁里亚文明当中由奥迦斯统领的鬼怪，随后在盎格鲁-撒克逊文明中用"orcs"一词形容食人的恶魔，最终演变为"ogres"一词。

在托尔金的故事当中，为了挽救精灵们，维拉回到了中土世界，

托尔金的战争

第一部分 维拉纪元之战

向米尔寇开战。正如众神之王宙斯带领着奥林匹亚众神投入到天神与巨人的战争当中,维拉之王曼威也带领着众维拉共同对抗米尔寇。同样,就像奥林匹亚众神击败巨人,将奥萨山的堡垒夷为平地一样,维拉们也战胜了米尔寇以及叛乱的迈雅,并将其"固若金汤"的安格班堡垒彻底摧毁。

众维拉随后包围了米尔寇最为庞大的乌图姆诺要塞。在要塞门前,米尔寇(或现如今的魔苟斯)被迫与勇者托卡斯正面决战,而双方的战斗很容易让人联想起奥林匹亚众神的著名胜利,即赫拉克勒斯击败了战无不胜的摔跤手——巨人安泰俄斯。与之相似,米尔寇最终也被击败。同反叛的提坦与巨人们被希腊神明哈迪斯(罗马神话中称之为普鲁托)拘禁于地狱之中一样,魔苟斯也在位于地下世界的"命运主宰"曼督斯的殿堂里被关押了数个纪元。

"强壮"托卡斯对抗"黑暗大敌"魔苟斯

托尔金的战争

与此同时,维拉们也让精灵们做出选择,他们可以留在属于他们的奎维耶能,或是展开远征,在不死之地安家。这个情节当中,托尔金展现出他故事中的神灵与传统神话故事中的神灵的区别:即便有些神灵仍旧反复无常,比如掌管波浪的欧西以船舶失事为乐,但托尔金故事中的大部分神祇仍然能够遵照伊露维塔赋予他们的神圣职责行事,照料他的孩子们。这样一来,维拉更像是一些基督教民间传说中的守护天使。

托尔金描写了在三个圣树纪元之后,魔苟斯是如何假装悔过,并最终得以释放的。然而,魔苟斯私下与巨型蜘蛛乌苟立安特成为

迈雅:欧西与乌妮

盟友。乌苟立安特是一个女性恶灵的形象，或许在宗教中与之最为接近的形象是印度教当中的女神迦梨，她又被称为"毁灭之神"。魔苟斯与乌苟立安特一起摧毁了圣树，魔苟斯还杀掉了诺多之王芬威，从佛米诺斯的堡垒偷走了精灵宝钻。

因为这些宝石上留有阿尔达圣树仅存的痕迹，其重要的象征意义堪比基督教传说中作为耶稣遗物的真十字架。托尔金讲述了魔苟斯是如何打造了一顶铁王冠，并将三颗闪耀的宝石镶嵌于其上的。有趣且值得留意的一点是，在基督教国家中，流传最久且最为重要的王冠被称作"伦巴底的铁王冠"。这个镶满了宝石的王冠一直由

托尔金的战争

巨蛛乌苟立安特

第一部分 维拉纪元之战

名垂青史的统治者们所佩戴,从查理曼到拿破仑皆是如此。据说这顶王冠中部的铁环是由钉死耶稣的一枚钉子打造而成,而王冠也因此得名。

魔苟斯通过两种方式实现了诺多崩坏:首先,以友好善良的姿态示人,并展示他不为人知的知识,向人们散播傲慢与贪婪,随后光明正大地采用谋杀与盗窃的手段,让精灵宝钻的打造者费艾诺陷入疯狂,与他的七个儿子一同立下了亵渎神明的誓言,发誓无论何人"持有或保存精灵宝钻",都将对其采取报复行动。在这里,托尔金建立了一个反复出现的主题:违禁的知识与不必要的傲慢致使战争发生。这一主题将会在索伦对努门诺尔人以及之后精灵的工匠们施加影响时再次出现。

正如托尔金在他的书信中评论的那样:"他们在秋天收获的首个果实是天堂中的战争与精灵间的自相残杀。"就如同在亚当和夏娃了解到禁忌的知识后,他们的一个孩子杀死了他的一个兄弟一样,诺多族也屠杀了泰勒瑞族,偷走了他们的天鹅船,继续向中土世界的方向前进,追踪魔苟斯。

第二部分

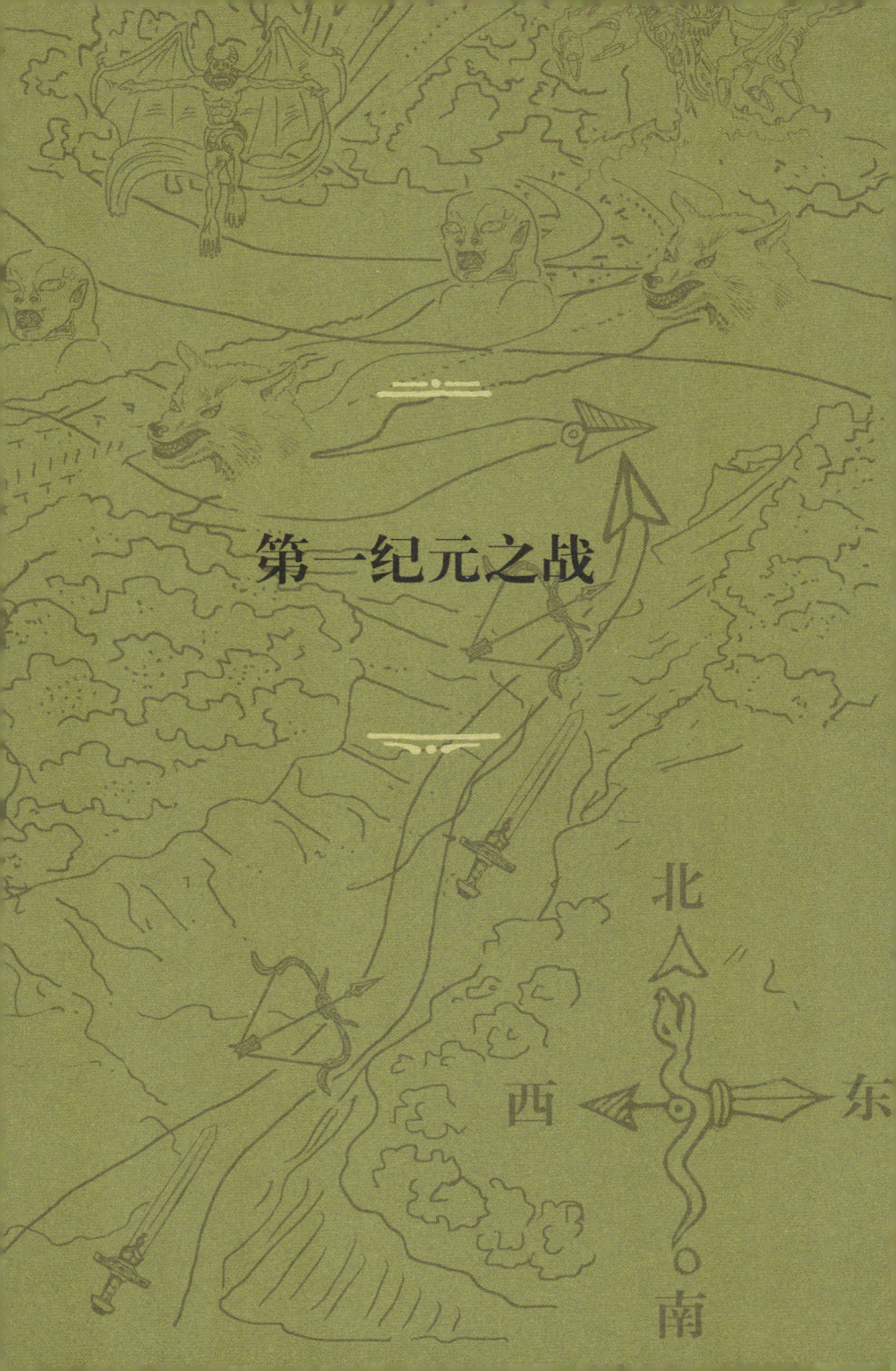

精灵宝钻争夺战

贝烈瑞安德第一次大战
时间：星辰纪元

星下之战
时间：星辰纪元

荣耀之战
时间：第一纪元60年

以上三次战争地点：贝烈瑞安德

第二部分 第一纪元之战

精灵宝钻争夺战是《精灵宝钻》一书的重点,正如托尔金描述的那样:"《精灵宝钻》传奇非常特别,和其他类似的传奇故事不同,因为这个故事并非以人类为中心。这本书的关注点和主要视角是精灵,而不是人类。"诚然,精灵宝钻争夺战早在人类发源之前就已经

诺多族回到中土世界

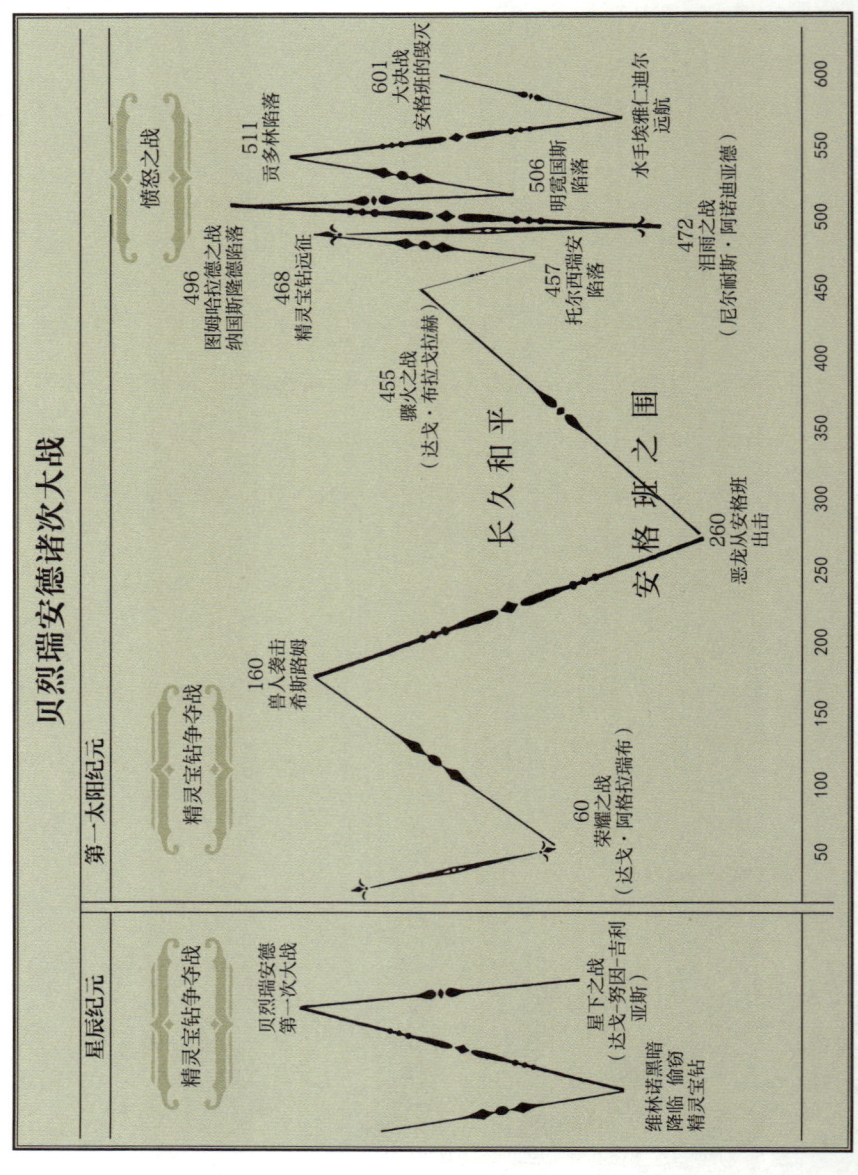

拉开了序幕。诺多族来到中土世界令魔苟斯震惊,他曾两次派遣他的兽人军队,意在消灭诺多族,但均以溃败告终。在此,托尔金不但向我们展示了精灵们强大的军事实力,也让我们领略到这群初到维林诺的精灵眼中闪烁的圣树光芒之力。

人类的悲剧是他们与终将到来的死亡命运之间的抗争。而不死的精灵们的悲剧则在于,在终将逝去的世界中,万物皆不能长久,改变不断发生,最终走向灭亡,可他们却拥有着无限的寿命。

在《精灵宝钻》一书中,我们了解了那些天资最为优秀的精灵族人是如何离开永恒天堂维林诺,重返凡人的中土世界,想要重新得到三颗精灵宝钻的,而这一尝试注定面临失败。正如托尔金在回顾精灵们这一阶段的历史时所说的那样:"命运同精灵宝钻(纯净的光辉)或上古珠宝所具有的重要意义一同串联起了所有的事件。"

精灵宝钻、三宝磨与圣杯

芬兰的语言和文学对《精灵宝钻》一书有着重大的影响,托尔金也反复表达过这一观点。他写道:芬兰的民族史诗《卡莱瓦拉》正是《精灵宝钻》的发端。

两部史诗作品中的珍宝看起来都模糊不清。在《卡莱瓦拉》中,带来灾难的物品叫作三宝磨,这是工匠伊尔玛利宁的杰作,最初作为聘礼,送给一位新娘。在偷回三宝磨时,它在追兵的围剿下破裂成了碎片。然而没人知道这些碎片是什么,或者说,这些碎片过去是做什么用的。因为三宝磨已经完全损坏,且不可修复。这与精灵宝钻非常相似,它同样是由一名杰出的工匠——诺多的费艾诺所打造。同时,文献学家们认为,三宝磨可能是种会发光的物品,以铁炉打造,是一种磨,会给人们带来好运,也与海盐有关。

有些人认为,精灵宝钻就像是金羊毛一般,或者像是圣杯,即基督在最后的晚餐中使用的大酒杯。在有关圣杯的故事中,它成为一种令人难以理解、捉摸不定的符号。对凡人而言,圣杯过于纯洁,它不属于这个世界。只有加拉哈德足够纯洁,能够举起圣杯。但在

第二部分 第一纪元之战

这之后,他同圣杯一起升上了天堂。虽然圣杯本身并无过错,但它毁掉了卡美洛王国以及无数有志寻找圣杯踪迹的骑士。托尔金推测,曾经的三宝磨,既是一件物品,又是一个寓言。换言之,它既真实,又抽象。同时,他也认为三宝磨蕴藏着创造力的精华,既能够唤醒善良,又能够激起邪恶。精灵宝钻的设计,同样使用隐晦的象征手段来达到强烈的效果,将焦点置于命运那无可逃避的特点上。

圣杯、三宝磨和精灵宝钻对被造物来说都是一个启示,提醒他们终极命运的神秘与走向是他们看不穿的。然而,他们却都产生了找到并把握命运走向的渴望,这导致了太多的伤亡。这里所蕴含的矛盾便是,虽然这些美妙绝伦的宝物散发着圣光,但对于觊觎宝物的人们来说,正是这些宝物让他们堕入黑暗与悲剧当中。

骤火之战

精灵宝钻争夺战中的第四场战役
时间: 第一纪元455年

地点: 贝烈瑞安德

第二部分 第一纪元之战

在第一纪元 455 年的冬季,"达戈·布拉戈拉赫"即骤火之战宣告了长期和平的结束,同时也打破了安格班合围的局面。"骤火之战"这一名称与这场战役十分契合,因为战争一开始,烈焰之流便从安格班倾泻而出。烈火焚尽了驻扎在"绿色平原"阿德嘉兰的丘堡与营地中的诺多大军。而在此之后,这里被称作"安法乌格砾斯",或是"窒息烟尘笼罩之地"。

伴随着流淌的烈焰,炎魔带领着黑压压的兽人大军,连同魔苟斯最为可怕的作品——黄金恶龙格劳龙一同出现。在这里,托尔金用"恶龙之父"以及它孩子们的登场,完全展现了魔苟斯在作恶方面的天资。托尔金笔下的恶龙是古老而强大的邪恶力量,它们的诞生受到了古代日耳曼史诗中那个残酷的原始世界的启发。

在托尔金的《论童话》一文中,他谈到了格劳龙诞生的灵感:"最出色的故事是来自北欧不知名的沃尔松人西格德和'巨龙王子'的故事。"这一"巨龙王子"的故事令人震惊,它是一个关于杀父、杀兄、种族灭绝的故事。总的来说,这是一个关于火龙法夫纳——被诅咒的尼伯龙根财宝(既神秘,又独特)的掠夺者那令人不快的故事。

托尔金的战争

然而,不管巨龙有多么邪恶,托尔金相信"在人们的想象中,法夫纳更加富有,也更为美丽,哪怕它给人们带来了诸多灾难"。因此,格劳龙在骤火之战当中登场,而中土世界的自由民们则面临着莫大的灾难。

第二部分 第一纪元之战

第 48—49 页的地图是安格班合围被打破后,画家对最初一波破坏与混乱的想象。在《精灵宝钻》一书中,托尔金对这一冲突的描述详见"贝烈瑞安德的毁灭和芬国盼的陨落"。

格劳龙

骤火之战中的格劳龙

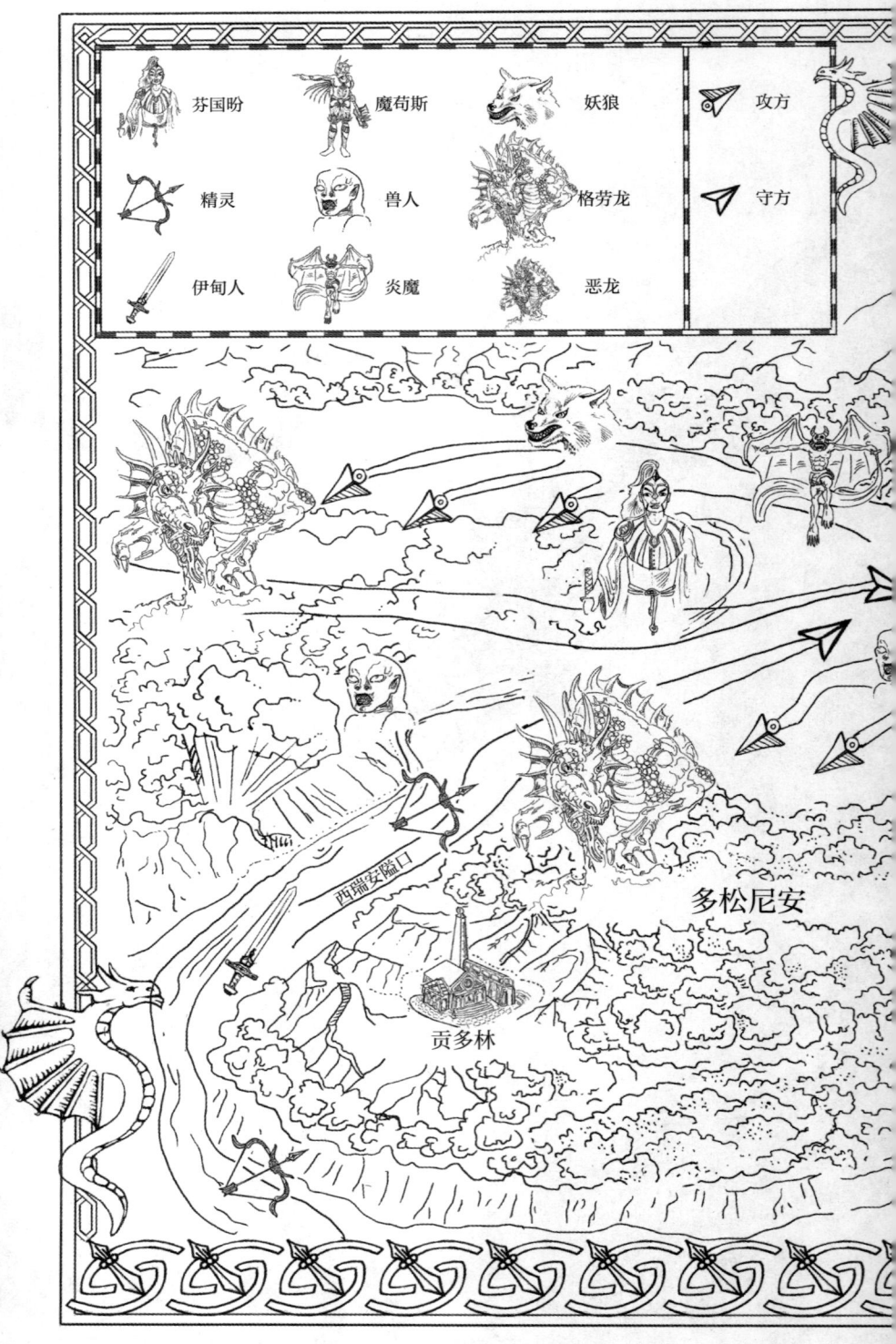

骤火之战

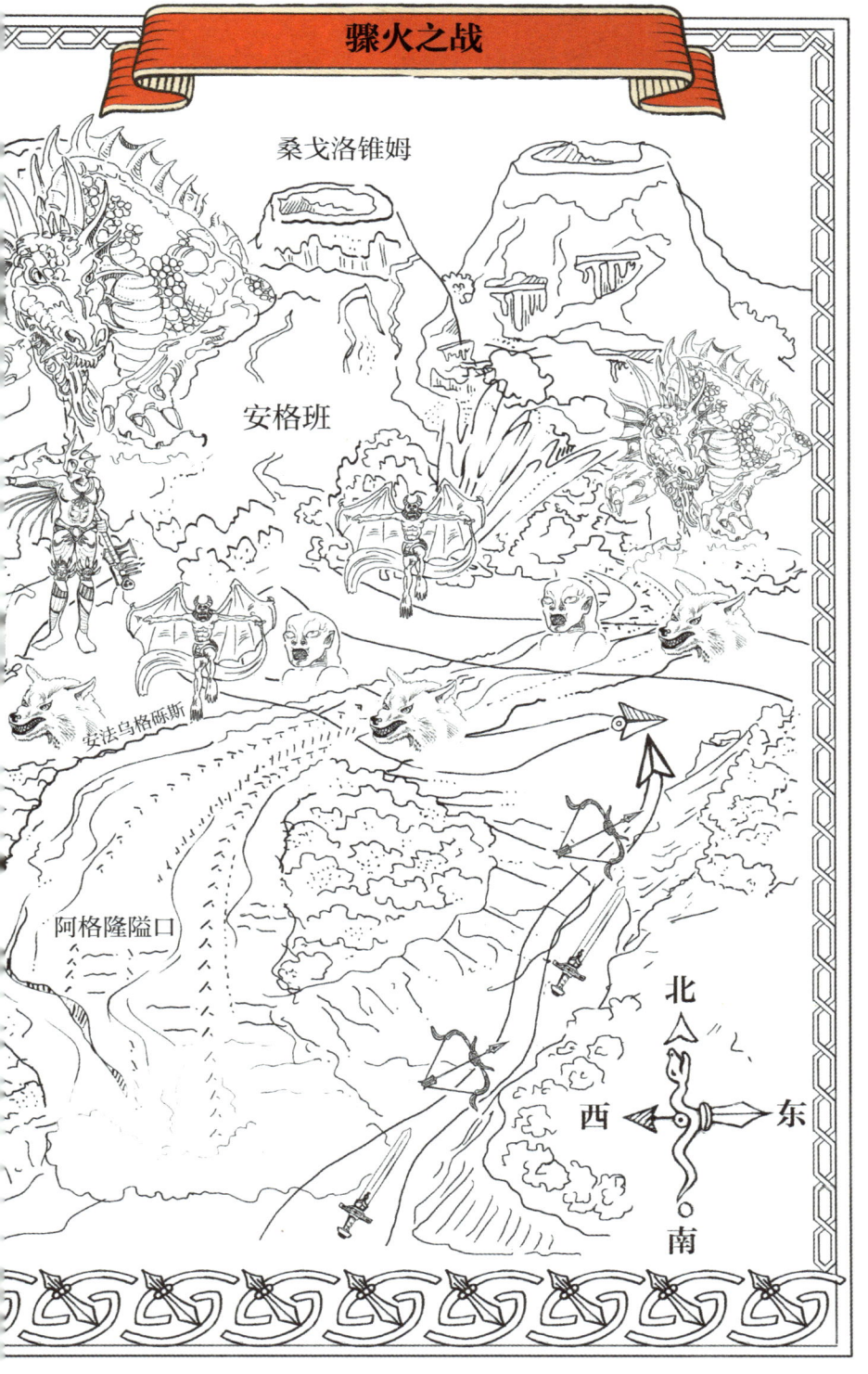

精灵宝钻远征

贝伦与露西恩的故事发生在骤火之战与泪雨之战中的黑暗岁月。在这个故事里，托尔金综合了古典与凯尔特两种不同的起源。中土世界中，这个最值得一提的故事受到了托尔金个人爱情故事的启发，在他和妻子的墓碑上，有这样的文字："约翰·罗纳德·鲁埃尔·托尔金·贝伦(1892—1973)""艾迪斯·玛丽·托尔金·露西恩(1889—1971)"。这样一个故事为我们讲述了两个深爱的人是如何共同走向死亡的。

托尔金承认，这个故事基于俄尔浦斯与欧律狄刻的神话故事，只是将男性角色与女性角色颠倒过来。俄尔浦斯演奏竖琴的声音与歌声让冥界看门犬刻耳柏洛斯在冥王哈迪斯的门前睡着，如此一来，俄尔浦斯便能够潜入冥界，复活他心爱的欧律狄刻。露西恩的歌声让巨狼卡哈洛斯镇定下来，她和贝伦随后进入安格班的地下堡垒中寻找精灵宝钻的下落。在魔苟斯面前，露西恩的歌声如同使用武器的决斗一样强而有力。可能对骄傲的魔苟斯打击最大的便是这对情侣在属于他的王座旁击败了他,并且两人"一同完成了精灵与人类最具有胆识的行为"(译者注:取走了一颗精灵宝钻)。

黑暗大敌——魔苟斯

露西恩在魔苟斯面前歌唱

泪雨之战

精灵宝钻争夺战中的第五场战役
时间：第一纪元472年

地点：贝烈瑞安德

魔苟斯大军

托尔金的战争

在泪雨之战当中,精灵、人类与矮人的联盟倾尽全力,最后一次试图收复贝烈瑞安德。随着他们的失败,托尔金引入了北欧与古老的日耳曼长篇故事所特有的氛围,从而创造出阿尔达历史上最为悲情的一刻。

在泪雨之战结束后的漫长时期里,精灵宝钻争夺战中一场最为凄惨也最为壮阔的个人悲剧发生了。

芬国昐——诺多至高王

第二部分 第一纪元之战

在悲剧人物、格劳龙的克星——图林·图伦拔的故事中,我们遇见了中土世界第一位屠龙勇士,而这一故事其实植根于北欧史诗当中。他的故事受到了芬兰《卡莱瓦拉》中库莱沃的启发:他无意间与自己失散已久的妹妹乱伦,随后拔剑自杀。另外图伦拔也受到了西格德这一人物的启发,西格德将剑刺向了巨龙柔软的下腹,杀死了巨龙王子法夫纳。图伦拔的故事带我们进入北欧史诗的世界里,同时也领略了那些令人悲痛的孤胆英雄的风采。

第 58—59 页的地图基于画家对泪雨之战的想象。托尔金对这场战斗的描述请参见《精灵宝钻》"第五战:尼尔耐斯·阿诺迪亚德"。

托尔金在给 W.H. 奥登的一封信中写道:"……传说的开始 [……] 是为了重新组合《卡莱瓦拉》中的元素,尤其是不幸者库莱沃的遭遇,将这个故事与我的叙述方法融合。"

在精灵宝钻争夺战中,最为惨烈的一场战役发生在辛达王国的多瑞亚斯,费艾诺的子嗣们洗劫了明霓国斯的城堡,而精灵宝钻争夺战开战时立下的誓言让精灵之间互相敌对。现如今,精灵宝钻佩

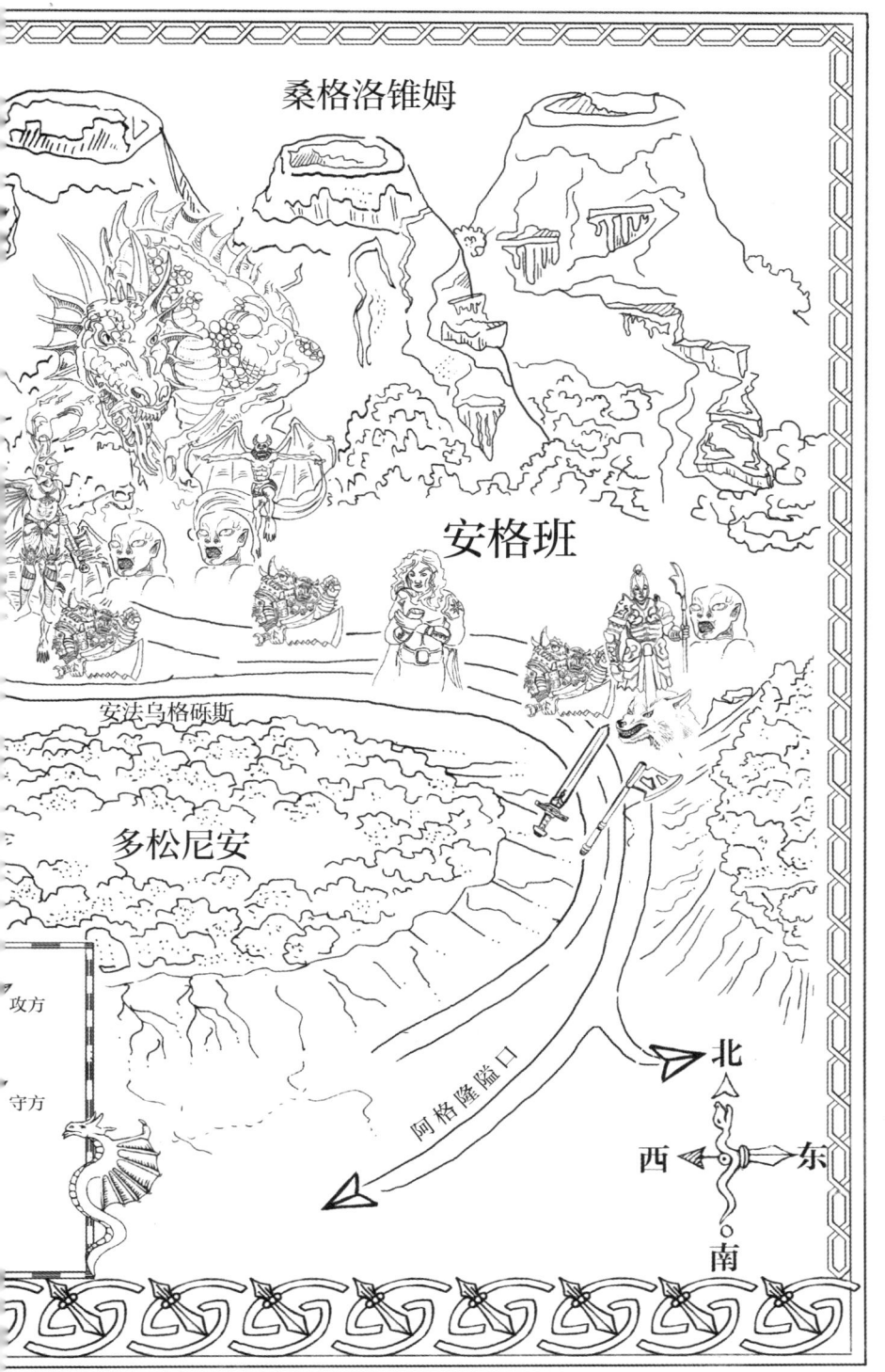

戴在露西恩孙女的身上,宝钻的诱惑让费艾诺的子嗣们堕落。在抢夺精灵宝钻的过程中,他们将明霓国斯化为废墟。

然而,总的来说,托尔金对这些"远古珠宝"的使用就象征意义而言是矛盾的,因为对宝钻的占有欲滋生了邪恶,而精灵宝钻本身是至善的象征,它们是圣树最后的遗迹。多瑞亚斯的精灵宝钻在漫长的征程后,乘着带翅的汶基洛特船升上了天空,成为中土世界的指路明灯。托尔金的宇宙学解释道,它是我们清晨和傍晚能够见到的金星的起源。

图林·图伦拔杀死恶龙之父格劳龙

愤怒之战

日期：第一纪元587年

地点：贝烈瑞安德

第二部分 第一纪元之战

同古希腊罗马神话、基督教中"天使"的概念一样,维拉们虽然始终处在奥林匹亚天堂,也就是作品中的阿门洲当中,但从来没有忽视伊露维塔的孩子们所遭受的苦难。他们知道,终结苦难、结束魔苟斯对中土世界统治的时候到了。

愤怒之战,又被称为"大决战",导致了铁山脉的崩塌与贝烈

一支兽人军队

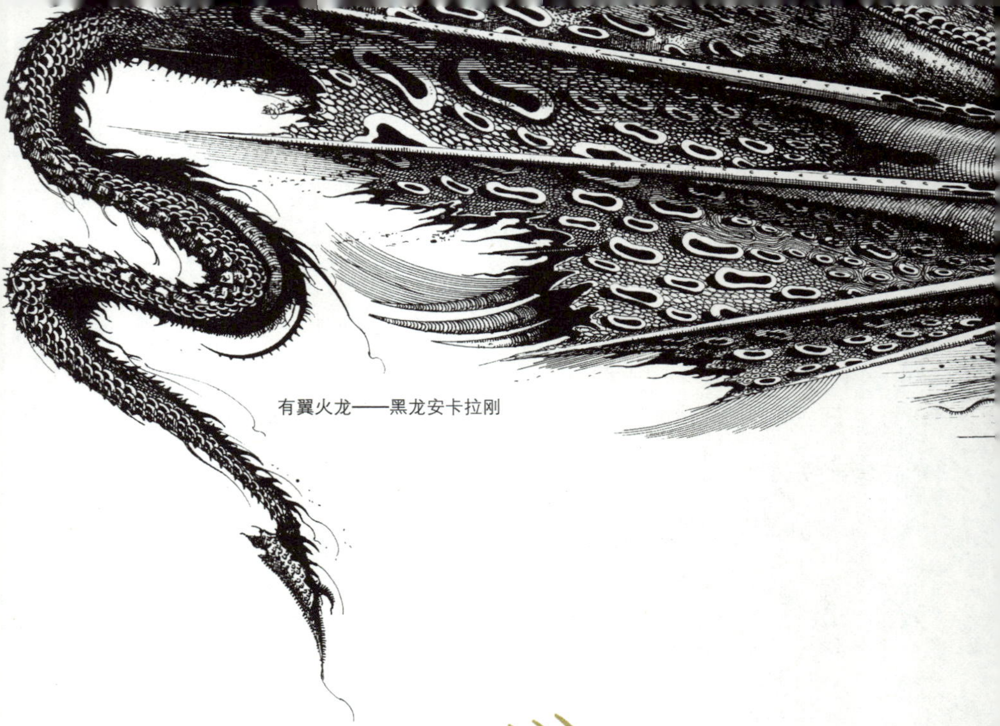

有翼火龙——黑龙安卡拉刚

瑞安德的塌陷，让精灵宝钻远征在这场战役里画上了命运的句号。托尔金这样写道："在我看来，这个故事更多地根植于北欧故事中的诸神黄昏。"

正如同诸神黄昏的到来会伴随着"上帝的守夜人"海姆达尔的号角声一样，托尔金的愤怒之战或"大决战"当中，埃昂威作为维拉的先锋，吹响了号角。炎魔的首领勾斯魔格，带着一把燃烧的剑投入战斗之中，正如挪威传说中的火焰巨人苏尔特一样。

第 66—67 页的地图基于画家对愤怒之战的想象。托尔金对这场战斗的描述请参见《精灵宝钻》"埃雅仁迪尔的航行与愤怒之战"。

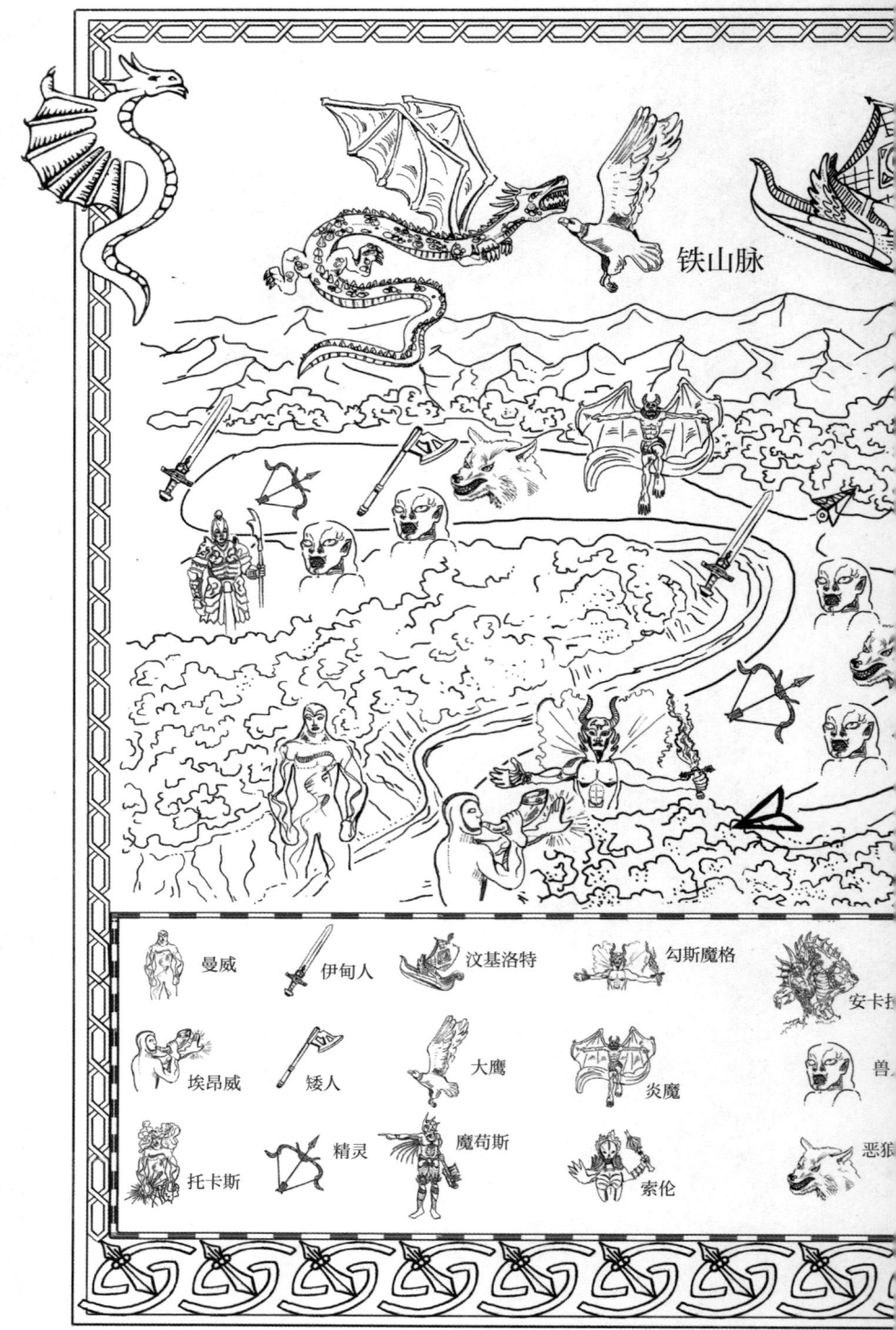

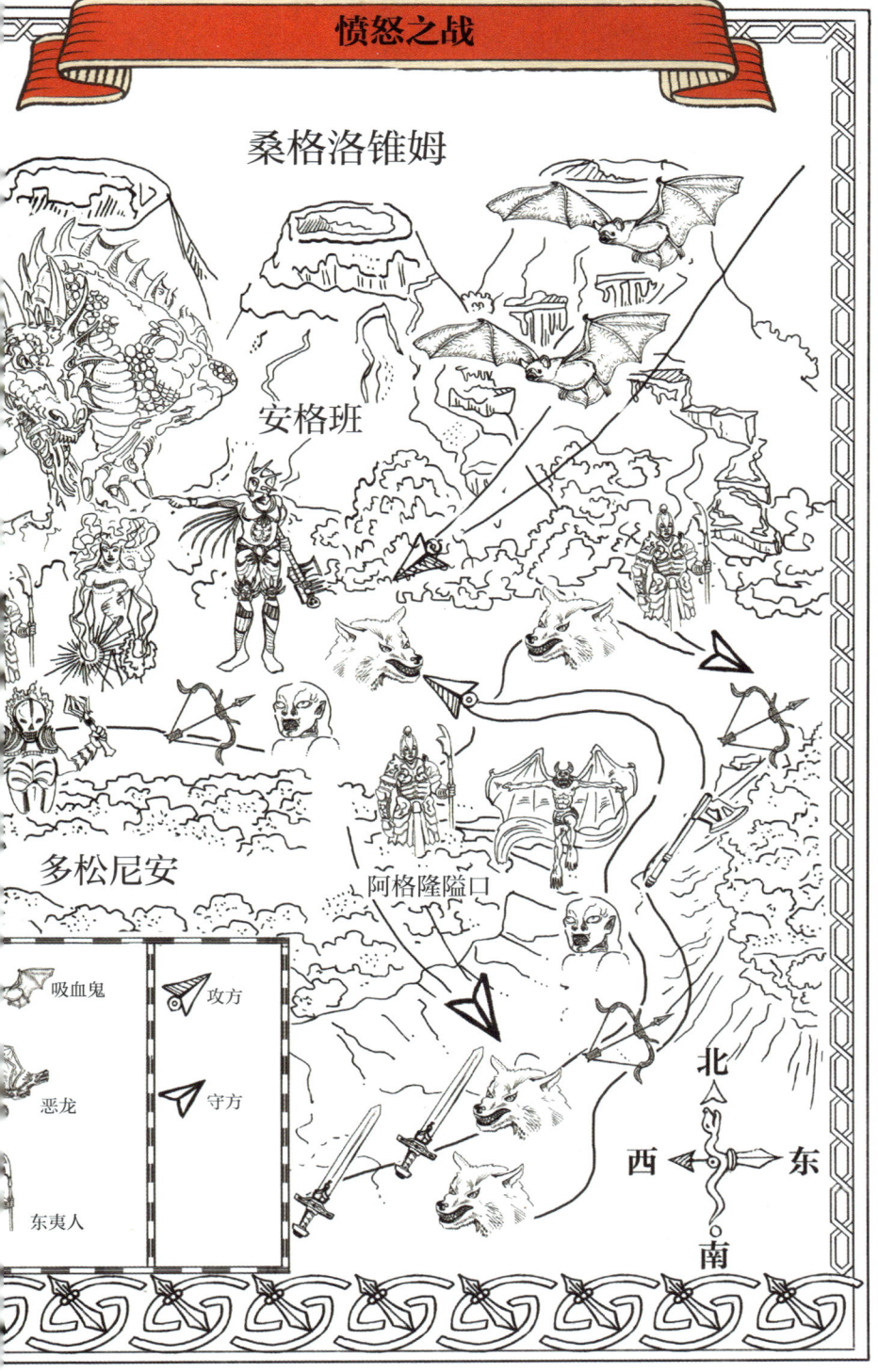

第三部分

第二纪元
精灵与努门诺尔人之战

索伦与精灵之战

时间：第二纪元1693—1701年

地点：埃利阿多

第三部分 第二纪元：精灵与努门诺尔人之战

正如托尔金曾经提到的那样，第一纪元中精灵的历史同三颗精灵宝钻的命运与意义紧密相连，因此我们能够看到在第二、第三纪元中，这一主题在精灵与人类的历史上反复出现，而这与由精灵打造的力量之戒是分不开的。

埃瑞吉安的精灵工匠

托尔金的战争

托尔金将第二纪元精灵族的主人公定为精灵宝钻打造者费艾诺的孙子凯勒布林博，这也让前后两个故事之间有了更多的相似之处。

在希腊神话中，善良的巨人普罗米修斯为人类带来了火与光明。托尔金笔下的索伦则恰恰相反，这一邪恶的男巫引来了死亡与黑暗。然而，在第二纪元中，昔日米尔寇的统帅以"赠礼之主"安纳塔的形象出现在埃瑞吉安的精灵工匠之中。对精灵们来说，他看起来一定很像普罗米修斯。

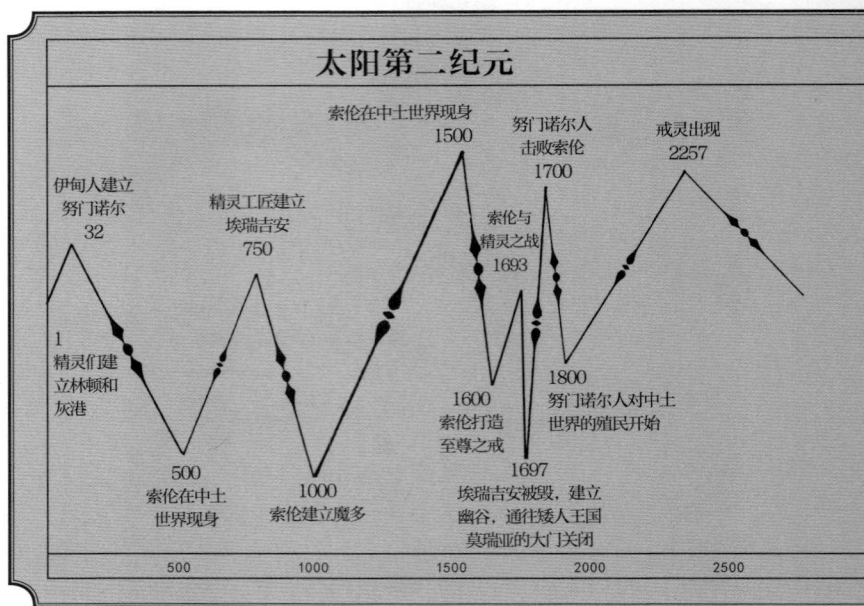

第三部分 第二纪元：精灵与努门诺尔人之战

安纳塔是一个会魔法的工匠，同普罗米修斯一样，他违抗神明的旨意，带给精灵们禁忌的知识与技能，只不过目的并不相同。在安纳塔的指导下，凯勒布林博和位于埃瑞吉安的欧斯特-因-埃第尔城的精灵工匠们学会了维拉工匠奥力精通的锻造与加热技巧。在打造出力量之戒后，精灵们才了解到获得安纳塔的礼物要付出的代价。与之相比，在希腊神话中，普罗米修斯的礼物是免费赠予的。安纳塔的礼物则最终会导致对戒指持有者的奴役和束缚。

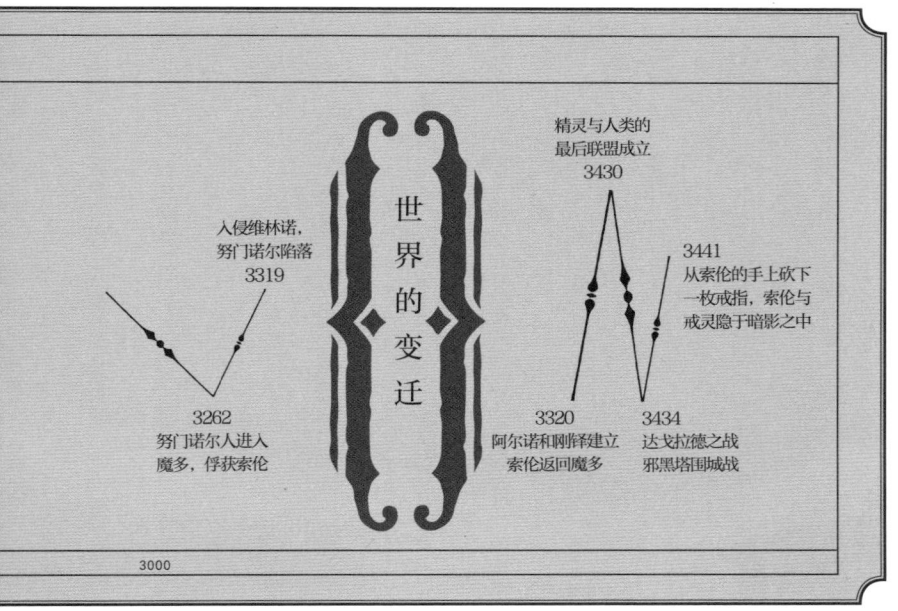

卡扎督姆（莫瑞亚）的城墙，与埃瑞吉安接壤

努门诺尔人之战

时间:第二纪元

地点:努门诺尔与魔多之间

第三部分 第二纪元：精灵与努门诺尔人之战

努门诺尔所在的岛屿——托尔金式的亚特兰蒂斯

托尔金的战争

太阳第二纪元见证了努门诺尔（也称"星引之地"）这个海上王国的崛起，在高等精灵语中，努门诺尔也被称为"亚特兰提"。努门诺尔是托尔金式的亚特兰蒂斯，它的盛衰也是所有帝国兴亡的范本。

亚特兰蒂斯神话在人类历史中经久不衰，托尔金认为，在人类的"种族记忆"中，亚特兰蒂斯是一个真实存在的岛国。在《托尔金书信集》里，他将其写入一个反复出现的噩梦里："滔天巨浪奔涌而来，越过树林，越过绿地，无休无止。"

他所创作的"努门诺尔伟大的亚特兰蒂斯岛"是新出现的星形岛屿，位于"不死之地"（阿门洲）与中土世界之间的西方海域。在维拉的佑护下，努门诺尔人身心强大，也十分长寿，仿若天赐般聪颖睿智。尽管如此，他们也并非毫无过错。20世纪50年代末，托尔金在亲笔信中写道：努门诺尔人"骄傲、怪异且迂腐，最好应该被描绘成满嘴古埃及晦涩名词的人"。

因此，我们可以从中推测，努门诺尔人最终的命运应该与那些对摩西等希伯来人穷追不舍的埃及军队并无二致。

索伦印证了他们的消亡。在托尔金笔下，索伦是个反复带着礼物出现的骗子。第二纪元 3262 年，这位邪恶的迈雅没有选择冒险被努门诺尔人摧毁巴拉督尔，而是乖乖束手就擒。

托尔金的编年史中，人类终有一死，无论是决绝自杀的刚铎宰相德内梭尔，还是一心追求永生的努门诺尔人，都逃不过死亡意识的支配。索伦游说于各族群间、散布异见的能力胜过任何军事策略，他借此让人们相信，精灵和维拉拒绝分享永生的秘密，他们才是真正的敌人。

努门诺尔在大动乱中覆灭

精灵与人类的最后联盟

时间：第二纪元3434—3441年

地点：魔多

第三部分 第二纪元：精灵与努门诺尔人之战

第二纪元 3434 年，精灵与人类的最后联盟行军至魔多，托尔金用亚瑟王的风格重述了这场战争。

2013 年，托尔金所著的长诗《亚瑟王的陨落》出版，本书尚未彻底完成，但揭示了亚瑟王传奇与中土大陆第二、第三纪元的诸多相似之处，其中的许多诗节都令人联想到索伦的威胁："无垠的远东从愤怒中苏醒 / 地穴中黑雷滋生 / 在险恶的群山下，在他们的头顶上不断移动"。在对达戈拉德之战与邪黑塔围城战的描述中，托尔金似乎借鉴了亚瑟王的剑栏之战（译者注：剑栏之战，又称作"卡姆兰战役"，是传说中亚瑟王的最后一战）。在这场战役中，亚瑟王摧毁了敌方的军队，独留他自己与莫德雷德决斗；而精灵与人类的最后联盟的经历与此相似，他们虽然大获全胜，却付出了惨痛的代价。他们战胜了索伦，吉尔-加拉德与埃兰迪尔却命丧于此。

亚瑟王死后，一位幸存的骑士担负起取回王者之剑的重任。

而托尔金笔下的埃兰迪尔之子伊熙尔杜便是这位骑士，他的职责是取回王者之剑的碎片，用其砍下索伦手上的至尊之戒。

第 86—87 页的达戈拉德之战与邪黑塔围城战地图依据托尔金在《精灵宝钻》"力量之戒与第三纪元"的叙述绘制。

索伦战败

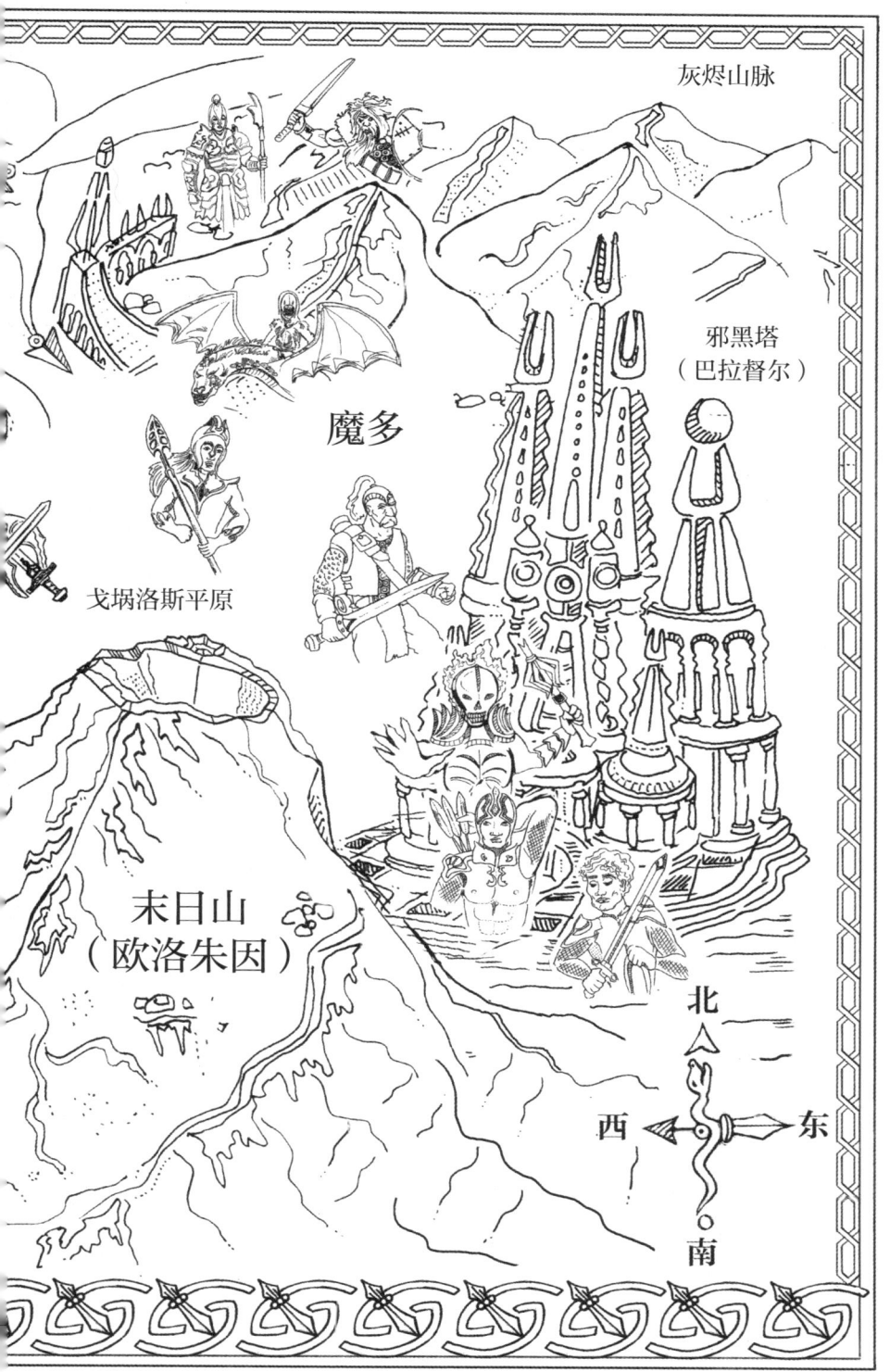

第四部分

第三纪元
杜内丹人之战

金鸢尾沼地之祸

时间:第三纪元2年

地点:金鸢尾沼地,
黑森林与迷雾山脉之间

伊熙尔杜之死

北欧神话中的指环王

托尔金非常熟悉北欧文学中的魔戒。他称独眼巫师之神奥丁为"哥特、死灵法师、乌鸦暴食者、被绞死的上帝",索伦在《霍比特人》中也被称为"死灵法师",二人有诸多相似之处。奥丁拥有由阿尔夫海姆的精灵铁匠铸造的德罗普尼尔金环,此环每隔九天便会掉落八个同等大小质量的金环,故而"德罗普尼尔"这个名字的含义便是"掉落之物"。

德罗普尼尔金环为奥丁带来了财富与力量,让他得以统治九大世界,阿萨神族、华纳神族、矮人、人类、黑暗精灵、光明精灵、火之巨人以及森之巨人分别居住于此。奥丁也因持有这个精灵铸造的金环而成为诸神之王。

在和精灵与人类的最后联盟的战斗中,索伦丢失了他的魔戒。而在北欧神话中,奥丁也在儿子巴德尔的葬礼上失去了德罗普尼尔金环。巴德尔的葬礼在船上举行,船被点燃,熊熊火焰燃烧了起来。奥丁将德罗普尼尔放在巴德尔的胸前,以此为其送葬。和索伦一样,失去了指环的奥丁实力大减。然而,德罗普尼尔与至尊戒的命运类似,

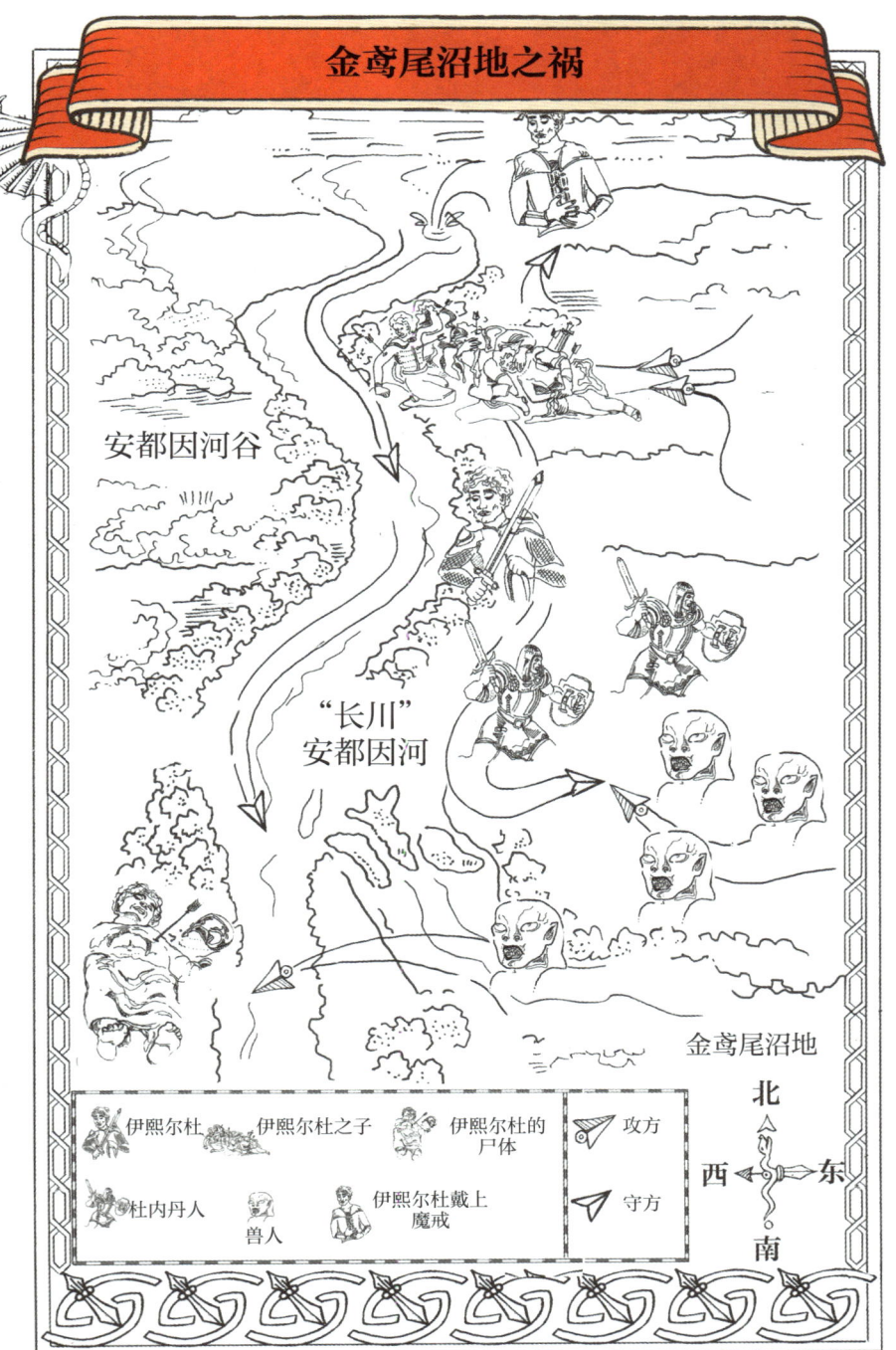

它没有被摧毁，而是随着巴德尔一同进入了黑暗的地狱世界，来到了死亡的监牢。索伦派出那兹古尔寻回至尊戒，奥丁也同样骑上了八足神驹斯莱普尼斯打算找回德罗普尼尔。

奥丁与索伦之间还有第三个惊人的相似之处——独眼。第三纪元时，索伦以一只凶猛邪恶的巨眼形态存在。北欧神话中有一棵名为"尤克特拉希尔"的白蜡树，也被称为"世界树"，它巨大的枝干支撑了九个世界。这棵树的树根处有一眼智慧之泉，奥丁曾前往此处饮水以获取智慧。奥丁必须牺牲一只眼睛，才能喝到一口智慧之泉的泉水，他毫不犹豫地进行了交换。自那之后，他便成为独眼之神。

最后同盟中的人类：
埃兰迪尔、阿纳瑞安和伊熙尔杜

第四部分 第三纪元：杜内丹人之战

托尔金的战争

第 93 页是金鸢尾沼地之祸地图。在《精灵宝钻》"力量之戒与第三纪元"以及《未完的传说》第三辑第一章中，托尔金不仅叙述了这场战役，还记录了最后一位至高王的死亡和至尊戒的遗失。

桑盖尔

桑盖尔盾牌墙是托尔金发明、努门诺尔人使用的一种盾牌防御队形，它通常为双重重装骑士所用。在这一点上，托尔金借鉴了现实世界中的军事史，盾牌墙是数千年来的战争中一种有效的步兵战略；然而，它的弱点在于，一旦敌人从侧翼包夹就极易被攻破。托尔金笔下的桑盖尔盾牌墙则十分灵活，甚至可以做到在自我周围弯曲形成一个牢不可破的"矛""盾"之圈，从而断绝敌人包夹防御者的可能。

第四部分 第三纪元：杜内丹人之战

末日山——至尊戒的铸造地

北方王国阿尔诺之战

时间：第三纪元1300—1974年

地点：阿尔诺王国

第四部分 第三纪元：杜内丹人之战

杜内丹人建立的北方王国阿尔诺所面临的最大威胁便是与安格玛王国及其巫王间的战争。

托尔金并未解释巫王背后的谜团，他是魔戒超自然力量的奴隶。从美索不达米亚到斯堪的纳维亚，再到中国，人类对魔戒力量的信仰自远古开始就一直存在。这种信仰十分强烈，寻找戒指的主题也在神话中亘古不变（尤其是北欧神话）。就连托尔金"魔戒大战"的核心观念也能在一个历史典故中有迹可循。

一个帝国因一枚戒指而在战争中消亡，这似乎是绝对不可能发生的历史事件。然而，托尔金对这方面的了解与权威性不亚于古代学者普林尼。他认为，古罗马时期，就有一枚戒指引发了一场血仇，并直接导致了同盟战争的爆发及罗马共和国的覆灭。

中土世界杜内丹王国的兴衰故事来源于托尔金对罗马帝国历史的深入了解。当然，托尔金乐在其中。他首先为杜内丹王国创造了一块陆地，大小约为法国、德国、意大利、西班牙、希腊、英伦诸岛及爱尔兰的总和。

托尔金的战争

安格玛巫王派往阿尔诺荒芜之境古冢岗的古冢尸妖

第四部分 第三纪元：杜内丹人之战

20世纪50年代，在一次新闻采访中，托尔金聊起他作品里的地理情况："故事发生在中土世界的西北方，纬度与欧洲海岸线和地中海北岸相同……假设霍比屯和幽谷与牛津的纬度相同，那么他们以南600英里(1000千米)外的米那斯提力斯则与佛罗伦萨的纬度相当。安都因河口和佩拉基尔都在特洛伊古城的纬度上。"

安格玛巫王——那兹古尔之王

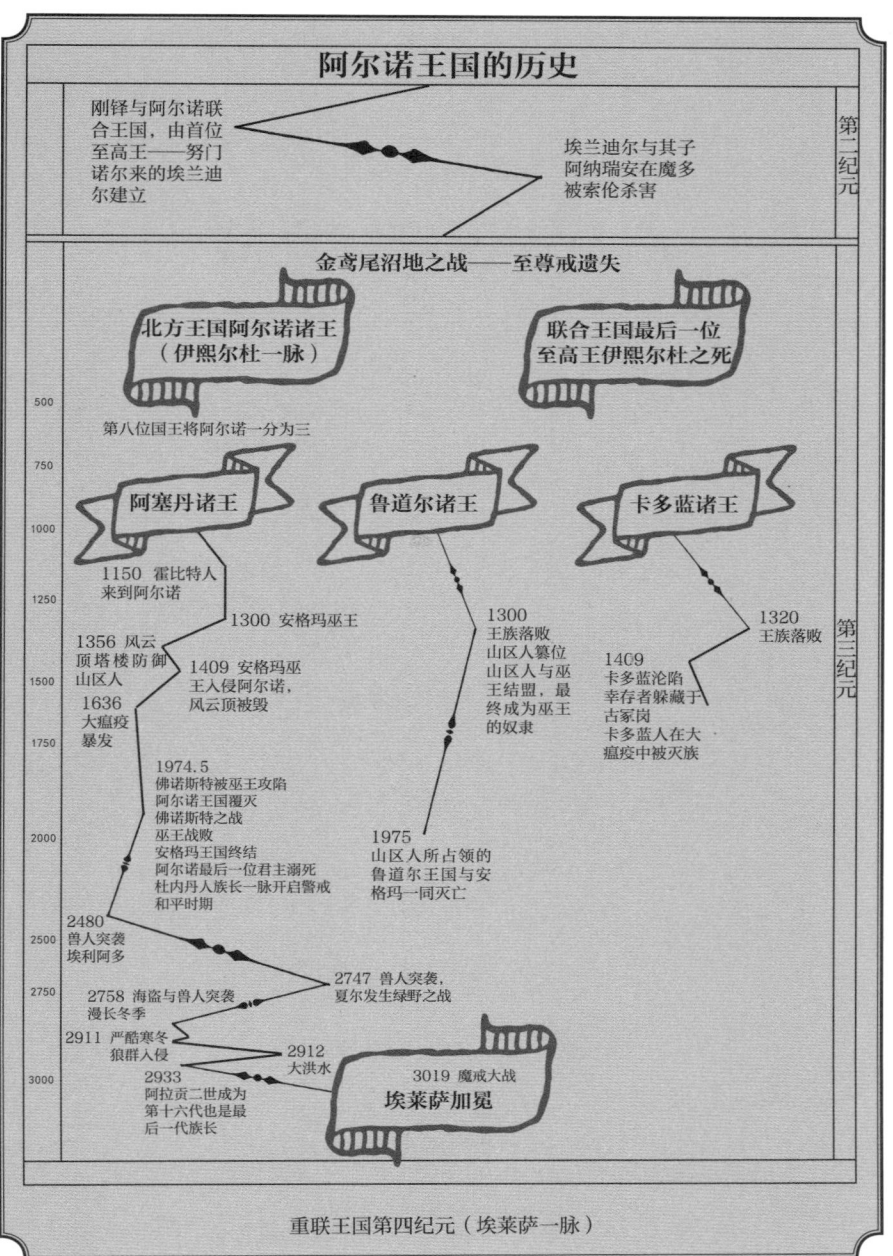

南方王国刚铎之战

时间：第三纪元

地点：刚铎王国

第四部分 第三纪元:杜内丹人之战

托尔金笔下,比起北方王国阿尔诺,南方王国刚铎的历史与西罗马帝国更为相像。罗马帝国与从东部边界入侵的野蛮人交战数百年。同样,杜内丹人所建立的南方王国也与从东部入侵的野蛮人有过数百年的兵戎相争。和入侵罗马帝国的亚洲人一样,中土世界的东夷人也来自不同的王国与种族。

刚铎守卫

托尔金的战争

刚铎王国的很多战争可与罗马早期在海、陆两线与迦太基长期敌对的历史相比较。与乌姆巴尔类似，位于北非的迦太基也拥有强大的战舰，还与拥有战象与骑兵的雇佣兵结盟。尽管经过长达百年的战争，迦太基帝国最终被击败，但当它成为海盗袭击者的重要港口后，两国之间的战火又重新燃起。这也和乌姆巴尔海盗数百年侵犯中土海岸的历史不谋而合。

其中最具破坏性的事件之一便是名为"战车民"的东夷人联盟的入侵。战车民来自卢恩，于第三纪元1851年乘着马车与战车来到刚铎。战车民的胜利呼应了西哥特人在阿德里安堡击败罗马人的历史（公元378年）。这些野蛮部落的成员乘着马车向西奔驰。他们不是一支简单的突击队，而是一个完整的"驾着战车行进的国家"，在罗马帝国的东部边界攻城略地。

罗马帝国和刚铎在战后移居与战争损失方面的历史也有许多共同点。伊奥希奥德人，也就是日后的洛希尔人，在凯勒布兰特原野之战中驰援成功，为表达感谢，刚铎将卡伦纳松这片人烟稀少的原野赐予了他们。

无独有偶，在匈奴侵略者撤退后，哥特人继承了西罗马帝国内被野蛮人摧毁的土地。无论在西罗马帝国还是东罗马帝国，哥特人（与虚构的洛希尔人相似）都被授予了土地，作为他们给罗马帝国提供军事服务的回报。

第四部分 第三纪元：杜内丹人之战

东夷人部落成员

乌姆巴尔海盗的船只

战车民

第四部分 第三纪元：杜内丹人之战

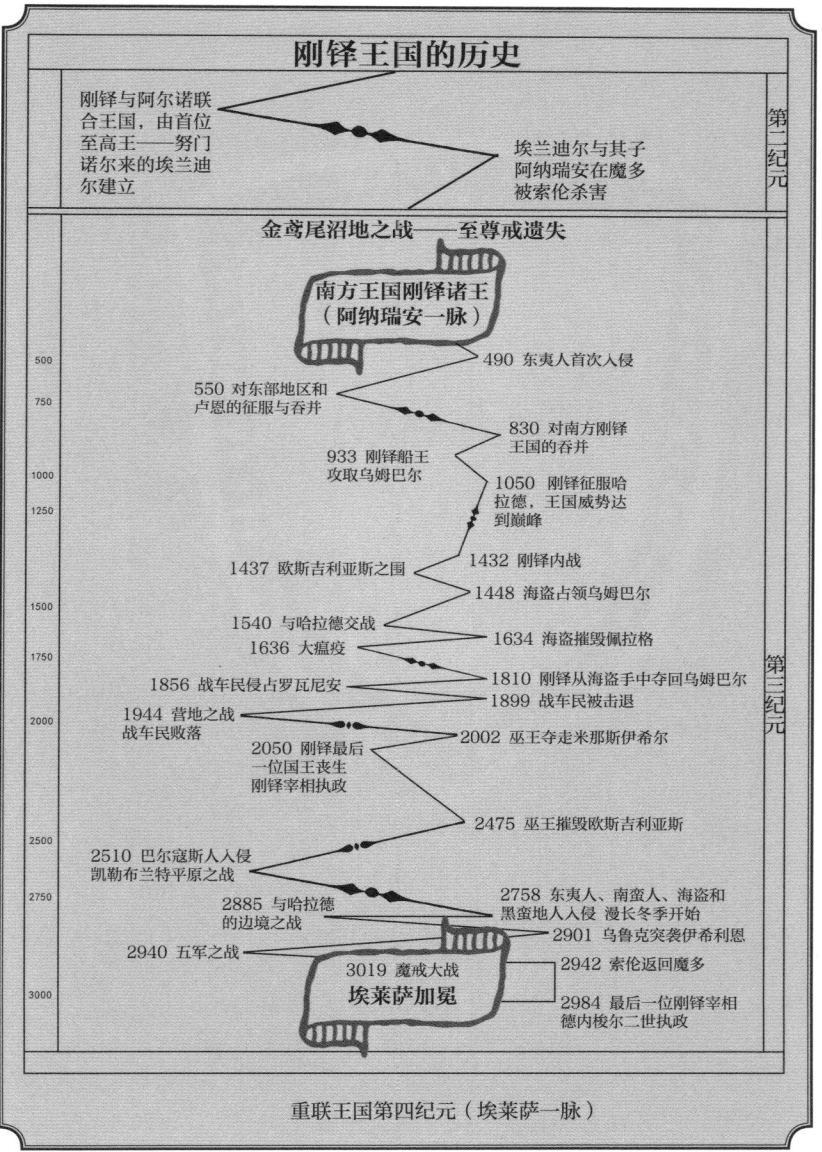

第五部分

第三纪元
矮人族之战

矮人族与恶龙之战

时间：第三纪元

地点：中土北部地区

第五部分 第三纪元:矮人族之战

在北欧传说中,人们普遍认为矮人族是个生存在山林中、强大却发育不全的地下种族。他们是珍宝和魔法宝物的守护者、火焰与锻造大师、珠宝和武器的制造者。

托尔金对我们熟悉的童话中塑造的矮人形象并不满意,因此创造了他自己心目中的矮人种族。①

一条北方的冷龙

---
① 托尔金解释道,他在著作中使用Dwarves一词作为矮人的复数形式(据托尔金本人所言,在真正的"历史"中,"矮人"一词的复数形式是Dwarrows或Dwerrows),就是为了让他想象中的矮人摆脱一部分愚蠢的传说故事中的形象。

矮人的武器与盔甲

托尔金的战争

他们与古老神话的根源关系密切。托尔金认为矮人与斯堪的纳维亚的北欧人很像,这个族群以其勇士、工匠与商人为傲。这两个种族坚韧固执,意志坚定地反抗不公。他们都崇尚力量与勇气、荣耀与忠诚,热爱黄金与珍宝。他们使用及锻造武器的技巧、顽固执拗的自尊,以及反抗不公的决心几乎如出一辙。

矮人在他们自己的领地上勇敢无畏,但怀疑和鄙视自己不了解的一切。与北欧人不同的是,他们畏惧大海。

托尔金的写作灵感源于对日耳曼及北欧神话的深入了解,这些神话将金环与矮人所储藏的黄金联系在一起,最终才与恶龙有所关联。在《尼伯龙根之歌》与《沃尔松格传说》(译者注:两书均为与龙相关的英雄史诗传说)中,有许多金环安德华拉诺特(侏儒安德瓦利的戒指)的神话典故。安德华拉诺特也被称为"安德瓦利之宝",因为它可以不断地自体繁殖。普遍认为,被诅咒的尼伯龙根和沃尔松格宝藏均来源于这枚魔法环。宝藏由火龙法夫纳所守护,托尔金也称它为"万龙之王"。

除此之外,在中土世界中,我们也能找到些许托尔金保留的古代民间传统:

霍比特人是耕种农田的精灵;树人是森林的精灵。与此相似,托尔金的矮人是群山间的精灵。通过研究,托尔金认为他完全了解这个发育不良的、居住在山中的神秘种族的特征与天性。

第五部分 第三纪元：矮人族之战

恶龙斯卡萨

托尔金的战争

阿扎努比扎之战

第五部分 第三纪元：矮人族之战

在托尔金的世界中，矮人与兽人这个同样栖息于地底的种族冲突不止。从矮人与兽人之战（第三纪元 2795—2799 年）中可以看出，矮人给自己招来的宿敌异常危险，二者间的战争以阿扎努比扎之战的血腥屠杀宣告结束。这场冲突与多个国家的矿文化相呼应，从康沃尔到中国，都流传着类似的传说。传说中隧道内的矿工被哥布林或是恶魔蓄意阻碍工作，缘由只是纯粹的恶意和怨念。

五军之战

时间：第三纪元2941年11月25日

地点：埃瑞博山（孤山）

金龙斯毛格

"龙身上清楚地写着'仙境'的字样。"托尔金在《论童话故事》中如是说道,《论童话故事》是他关于童话艺术和传统的著名讲座。托尔金认为,龙和它们的黄金宝藏会被发现深藏在"仙境"的中心地带。当然,这些庞然大物也丰富了这位中土世界创造者的想象力,正如他曾说的那样,"我对于龙有一种刻骨铭心的向往"。

在写奇境冒险故事《霍比特人》时,托尔金决定,龙不仅仅是自己向往的生物,还应该是自己的小说中必不可少的一部分。当然,并非所有的龙都是如此。他创造的金龙斯毛格便是一只充满魅力、智慧、蛮力和虚荣心的恶龙。斯毛格是第三纪元最后一只也是最为伟大的火龙:他能飞,亦可喷火,怒火与复仇的范围极广,十分可怕。

埃斯加洛斯被金龙斯毛格摧毁

贝奥武甫及他的战斗

作为盎格鲁-撒克逊文学教授和研究英国史诗《贝奥武甫》的专家，托尔金不费吹灰之力便能得到描写那些怪物的灵感。乍一看，《霍比特人》与《贝奥武甫》并未有多少雷同之处。然而，两书屠龙部分的情节结构却十分相似。在《贝奥武甫》中，一个窃贼溜进龙的巢穴，扰了它的清梦。

这个窃贼从宝藏中盗取了一个宝石杯盏，作为赎身的贡品。托尔金将这个情节改编成比尔博·巴金斯盗窃金龙斯毛格宝库的故事，他也在这儿偷了一个宝石杯盏。这两个故事中，窃贼都成功逃脱，逃过了巨龙的爪牙，但附近的村庄却因此受难。

古英国史诗中的贝奥武甫和《霍比特人》中的弓箭手巴德，这两个故事中的胜利者都成功屠龙，但也付出了代价。看来，在某种程度上，《霍比特人》重现了贝奥武甫屠龙的情节，但主人公却成了那盗宝石杯盏的窃贼。

当然，二者也有不同之处：巴德幸免于难，成为河谷邦之王；但年长的贝奥武甫丧生于此。他确实成功了，但还是因重伤而亡。贝奥武甫的死，发生在故事中另一位勇士之王的身上，他名为梭林·橡木盾，在五军之战中获胜，却死于战争中的致命伤。

第五部分 第三纪元:矮人族之战

换皮人贝奥恩

高大的北方人类贝奥恩是贝奥恩一族(人熊)的族长,也是一个"换皮人":托尔金的童话版身披熊皮的狂战士(出自日耳曼与北欧神话)。虽然历史上的狂战士在发怒时可以进入如怒熊一般的狂暴状态,但这种状态其实只是在试图模仿这种宗教的神迹,即从人到熊的变身。然而,在托尔金的故事中,转化却是真实存在的。贝奥恩在战场上由勇士变成了一只愤怒的"人熊"(尽管托尔金从未使用过这个名字),这次转变直接扭转了战场局势。

尖刺上的兽人头颅

作战策略

托尔金的矮人在战斗风格上与北欧神话中的战士相似。例如，梭林·橡木盾出其不意地杀入五军之战的战场时使用了一种古老的北欧突击战术，它被称为"猪突阵形"，也称"野猪阵"。这是一种楔形盾牌墙阵形，常被重装维京战士用来突破敌人的防线，在人数众多、紧紧靠拢的军队中制造恐慌。这种阵形非常有效，但成败完全取决于初始的巨大冲击。如果这个弯曲的楔形阵形没有立即突破敌方防线，编队很快就会瓦解。与诸多盾牌墙战术类似，猪突阵形常被敌人从侧翼包抄，然后被彻底包围。事实上，如果不是一位盟友意外到来，梭林·橡木盾和他的战士们想必就会遭此厄运。

梭林·橡木盾

群鹰

中土世界的群鹰并非托尔金笔下大放异彩的种族,但它们的介入总是至关重要(如五军之战中的支援)。它们总在人走投无路、只能依靠飞行力量时出现。有一种观念认为,尽管大部分行动中,鹰的实体并未出现,但群鹰的精神力总能察觉到形势好坏,因此它们能够在最为关键的时刻出现:那时它们是命运的使者,是从天而降、扭转乾坤的神灵。群鹰也是传统神话中雄鹰使者形象的一部分,希腊神话中宙斯(罗马神话中的朱庇特)的鸟和阿尔达的风之王曼威的仆从皆是如此。

第130—131页的地图依据托尔金在《霍比特人》第十一章、第十七章以及《未完的传说》第三辑第三章的描述绘制。

五军之战

第六部分

魔戒大战

托尔金的战争

托尔金的《指环王》是一部史诗级的幻想巨作,书中大部分内容都将世界描绘成一个善恶势力斗争的战场。而这些势力又不只是单纯的善或恶,它的核心在于参与者们渴望攫取权力以改变世界的道德斗争,以及这种欲望腐蚀他们灵魂的过程。

这也与邪恶的本性有关。在《魔苟斯之戒》中,J.R.R. 托尔金和他的儿子克里斯托弗·托尔金试图区分出两个黑暗领主,于是定义了邪恶的两种类别:毁灭和统治。魔苟斯的邪恶在于彻底毁灭:"正如索伦将他的力量灌注在至尊戒中那样,魔苟斯把他的力量分散到了阿尔达各地。因此,中土世界就是魔苟斯之戒。"然而,作为魔戒之主,邪恶的索伦的整体力量要软弱得多,但更集中有效。这位死灵法师的邪恶摧毁了敌人的意志和思想。他的目的并非毁灭,而是统治——是精神上的奴役和对魔多黑暗领主暴政的屈服。

第六部分 魔戒大战

米那斯魔古尔

托尔金的战争

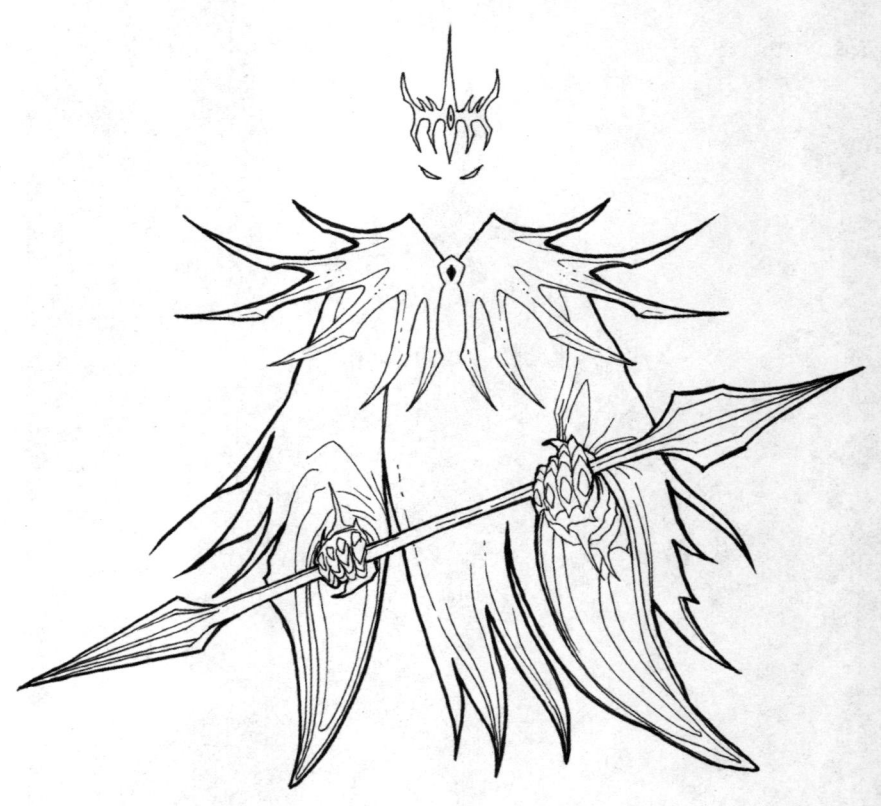

魔古尔巫王

第六部分 魔戒大战

魔戒大战

3019年	第三纪元
2月25日	第一次艾森河渡口战役
3月2日	第二次艾森河渡口战役
	树人向艾森加德进军
3月3—4日	号角堡之战
3月11日	东洛汗入侵,罗瑞恩第一次遭到袭击
3月13日	佩拉格舰队之战
	黑森林林间战役,罗瑞恩第二次遭到袭击
3月15日	佩兰诺平原之战
3月17日	河谷之战,埃瑞博之围
3月22日	罗瑞恩第三次遭到袭击
3月25日	魔多黑门之战,至尊戒在末日山大火中被毁坏,索伦与魔多消逝
3月27日	埃瑞博之围被打破
3月28日	黑森林中的多古尔都被毁
5月1日	埃莱萨国王加冕
11月3日	夏尔傍水镇之战,萨鲁曼身死

魔戒大战结束

卡扎督姆桥之战

时间:第三纪元3019年1月15日

地点:莫瑞亚(卡扎督姆)矿坑

第六部分 魔戒大战

卡扎督姆桥之战的双方分别是灰袍巫师甘道夫和莫瑞亚炎魔，这场战争的灵感似乎来源于一个家喻户晓的传说——诸神的黄昏，即诸神与巨人的最终决战。托尔金特别指出，这部分主要影响了早期愤怒之战的创作。

《指环王》中，在莫瑞亚峡谷上方的窄石桥上，炎魔手持鞭子和火炎之剑与甘道夫决斗，甘道夫的武器则是一把带有冰冷白光的剑。这俨然是火巨人苏尔特和太阳神弗雷在阿斯加德彩虹桥那场大战的迷你版。这两场战斗都由一声巨大的号角打响：海姆达尔吹响了北欧主神的号角；刚铎的号角则由波洛米尔吹响。二者似乎都以灾难告终——双桥坍塌，而战斗者在熊熊烈火中丧了命。

甘道夫和炎魔的这场战斗在很多方面来说都是一个转折点。当然，从表面看来，石桥如同被拽入深渊的巫师般坍塌。这场远征本身已经无法回头，他们如今只能继续前行。

道德炼金术

甘道夫明白，最终能够战胜索伦和他的邪恶至尊戒的唯一方法不是试图推翻他或是夺取他的权力，而是解除力量之戒炼金术的过程——如民间传说所言，魔咒可以通过反向吟诵的方式解除。在这一点上，我们了解到护戒远征之旅中"逆转"的作用。只有在锻造之处才能破坏至尊戒的制造，并摧毁索伦的力量。

甘道夫与炎魔对立而站

托尔金的战争

炎魔

在成为米尔寇仆从的堕落灵魂中,出身迈雅的火焰恶魔最为可怕,他们也叫"炎魔"。众所周知,炎魔随身携带权杖、斧头或者火剑,但他们最主要的武器是灼热的火焰长鞭。托尔金笔下的炎魔是充满野性与破坏性的火妖,与复仇女神(希腊神话中愤怒的复仇之灵,以蛇为发,手持火杖,用鞭子击败她们的对手)截然不同。

许多神话中都有邪恶的火山精灵,它们像炎魔一样居住在深山老林中。中世纪的基督徒常将火山看作是地狱火的出口。在古希腊人和古罗马人的眼中,火山则是火与工匠之神赫菲斯托斯(也称伏尔甘)之火,在此奥林匹亚众神驯服或奴役陆地与火焰中充满野性的神魔,将它们用作锻造之材。

托尔金看似深受北欧和盎格鲁-撒克逊神话中的火神影响。

这些神话中的尘世是一个"人类的领土",与托尔金笔下的中土世界类似。其北部被霜巨人的领土包围,南部却是一片火巨人的土地。这片邪恶的火焰之地叫作穆斯贝尔海姆(火之国),正是它激发了托尔金的想象力,得以创造出独特的火焰恶魔——炎魔。

第六部分 魔戒大战

第146—147页的地图是参照托尔金在《指环王》第二部第五章描述的战役所绘。

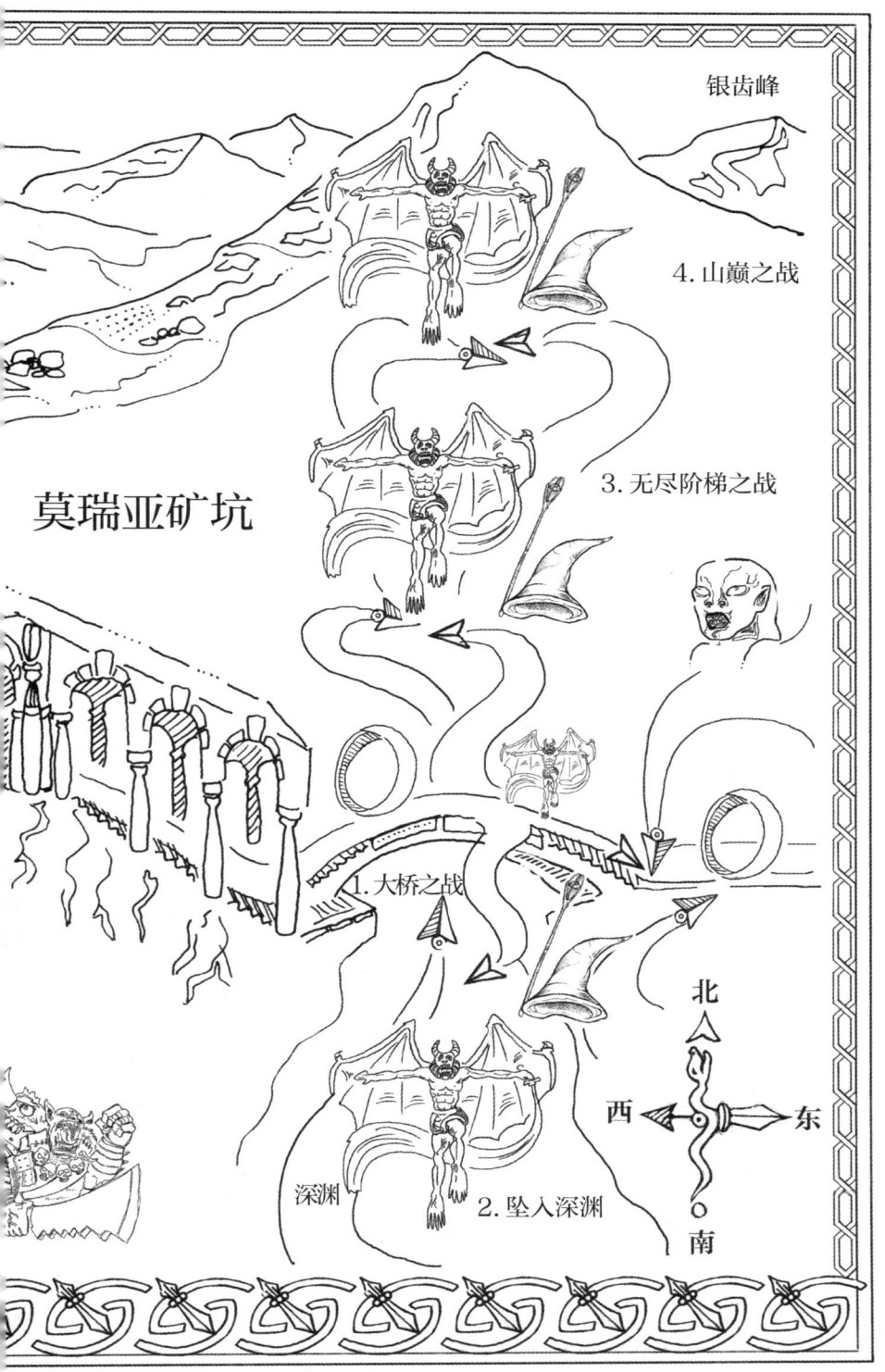

桥上的对峙

号角堡之战

时间：第三纪元3019年3月3—4日

地点：白色山脉，海尔姆深谷

第六部分 魔戒大战

洛汗国王希奥顿

第 152—153 页是根据托尔金《指环王》第三部第七章的叙述所绘制的号角堡之战地图。

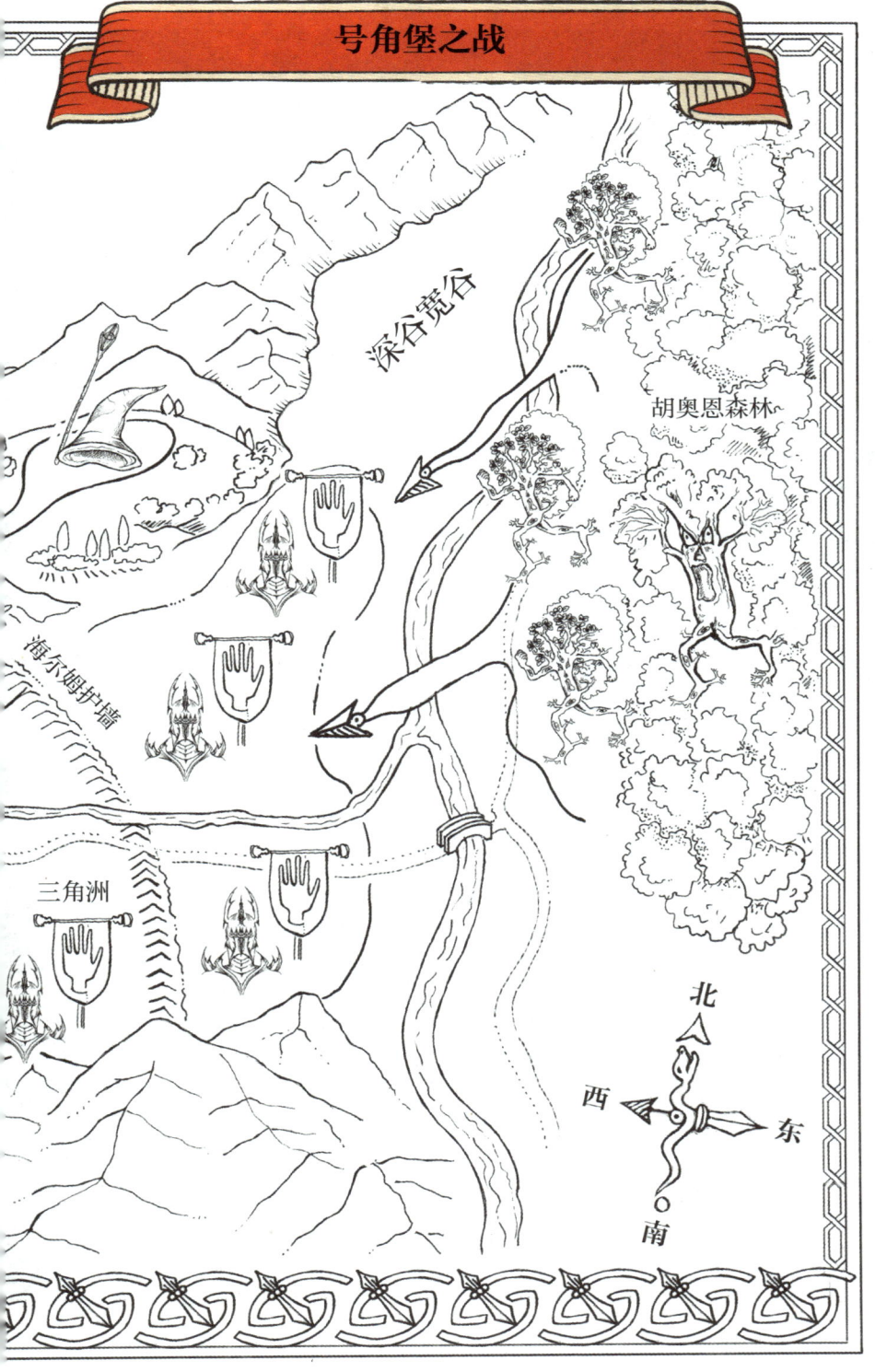

萨鲁曼的军队袭击海尔姆深谷

托尔金的战争

洛汗骑兵

第六部分 魔戒大战

白袍巫师与黑袍巫师

我们可以在北欧神话与冰岛传说中发现许多托尔金笔下玄幻中土世界的灵感来源。然而,中土世界与北欧神话中的"尘世"有着本质上的不同。北欧神话体系本质上并不遵循道德准则,而托尔金塑造的世界则充满善恶间的困斗。因此可以说,北欧神话中最伟大的巫师奥丁在托尔金笔下被一分为二:巫师甘道夫代表他善的一面,而巫师索伦则是他的本性之恶。

托尔金的战争

《指环王》史诗的整个故事主要展现了各方势力为统治世界所做的斗争,即黑暗巫师与正义巫师间的决斗。托尔金故事中存在一种与北欧神话中完全不同的伟大志向与哲学——权力的腐蚀。

这本书讲述了追求纯粹权力的过程中暗含的腐化,告诉读者追求权力本身就是一种邪恶。即使追求这种权力(如至尊戒的终极力量)的缘由本质上是一种"善",它也必然会侵蚀追求者。

甘道夫害怕被侵蚀,所以一秒都不愿拥有至尊戒,由此我们可以看出他的智慧与强大的意志力。他清楚地知晓,无论出发点有多美好合理,一旦拥有至尊戒,自己的道德准则将轰然倒塌,和秉持其他意图拥有它的人的下场并无不同。

在寻找至尊戒的过程中,我们目睹了萨鲁曼的堕落,他原本是个"好"巫师,却犯下了经典的道德错误,即"为达目的不择手段"。萨鲁曼企图推翻索伦的邪恶势力,但在这个过程中聚集了另一个邪恶势力,他自己也被夺权的欲望所侵蚀。不知不觉中,萨鲁曼成了他曾经死敌的盟友,也变成了另一个相似的恶魔。

然而,托尔金宇宙中的一切绝非单纯的非黑即白,这种刻板的分类会阻碍对人物性格的探索和故事情节的发展。最典型的例子就是萨鲁曼,他在《指环王》初期是正义队伍中的一员——事实上,他还曾是白道会的领袖。最初,甘道夫从未怀疑萨鲁曼的美德与善良。但显而易见,萨鲁曼还是堕落了,"权力"这个最强力的诱骗者最终

第六部分 魔戒大战

影响了他。托尔金非常具有权力意识、责任感和自律性。他最敬佩的领导者,例如阿拉贡和法拉墨,都不太在乎权力,也不太显山露水。

萨鲁曼没有通过这场考验,他有选择的自由,却让他误入歧途。当然,争权夺利本就是整部小说的核心:正是因为至尊戒的存在,才使得《指环王》中的所有故事得以发生。

袭击海尔姆深谷

树人进军艾森加德

时间：第三纪元3019年3月2—4日

地点：艾森加德

树须

托尔金的战争

托尔金极其喜欢甚至崇拜树木,他也不觉得难为情。他自幼便十分欣赏、热爱这些古老的生命形态。他笃信,树在某种程度上是有知觉、有意识的生物。有人曾询问过他书中树人的来源,托尔金写道:"在我看来,树人是一种哲学、文学与生命的结合,他们的名字来源于盎格鲁-撒克逊语中的'eald enta geweorc'。"这句盎格鲁-撒克逊语意为"古老巨人的作品",来源于经典又优美的古英语诗作《流浪者》。这个短语与史前的巨石遗址——被认为是远古时期消失的巨人种族的作品——有关。

然而,"树人"这个名字虽然来自盎格鲁-撒克逊语中的"巨人"一词,但托尔金笔下树人行军的灵感来源却十分负面:他不喜欢,甚至是反对威廉·莎士比亚对这些神话传说的处理。他辱骂的最多的便是当时莎士比亚最受欢迎的剧作之一《麦克白》。

托尔金解释说,创造树人种族"是因为我自学生时代起就觉得乱用'麦克白永远不会被征服,除非勃南大森林移至邓希嫩山'(译者注:莎士比亚的《麦克白》中女巫对麦克白的预言之一)这种话非常扫兴,令人作呕。所以我特别想写出一个树木真正去行军战斗的情节。"

托尔金觉得莎士比亚轻视、曲解了一个真实的神话故事,把这场山林行军的预言解释得简单又低劣。

所以在《指环王》中,托尔金确实写下了这样的情节,当然,他描绘树灵与山灵间对抗的方式又给这一树木行走于山中的神迹增添了些力量与庄严。

其实只需翻翻英国的民间传说,托尔金就能找到神话中与树人直接对应的生物——独特的"绿精灵"。绿精灵的故事在托尔金钟爱的西米德兰兹郡以及英格兰、爱尔兰交界处都流传甚广,他是凯尔特人的自然之神、圣树之灵,代表战胜冰霜之力的新生力量。他本质上仁慈和善,但也十分强大,极具破坏性。

胡奥恩是一种处于树人与树木之间过渡形态的生物,它们让萨鲁曼的兽人们惊恐不已,象征着绿精灵更为野蛮危险的一面:这是一种极为冷酷无情的力量,它利用自然界最深处的资源,为了平息某些树木的恶灵而选择牺牲家禽、牲畜,甚至孩童。

胡奥恩的出现让它们的敌人胆战心惊,它们可能来源于变得像树木一样的树人,也可能是有了些"树人味儿"的树木,但它们激愤又危险,毫无怜悯之心。在胡奥恩身上,我们能看到一部描述"绿精灵"复仇军队攻击所有敌视森林之灵的生物的戏剧故事。为了给艾森加德的熔炉提供材料，萨鲁曼的手下四处掠夺树林资源，托尔金的树木便向着它们的敌人萨鲁曼进军、战斗。

第 168—169 页是依据托尔金《指环王》第三部第九、第十章的叙述绘制的树人进军艾森加德地图。

第六部分 魔戒大战

欧尔桑克塔

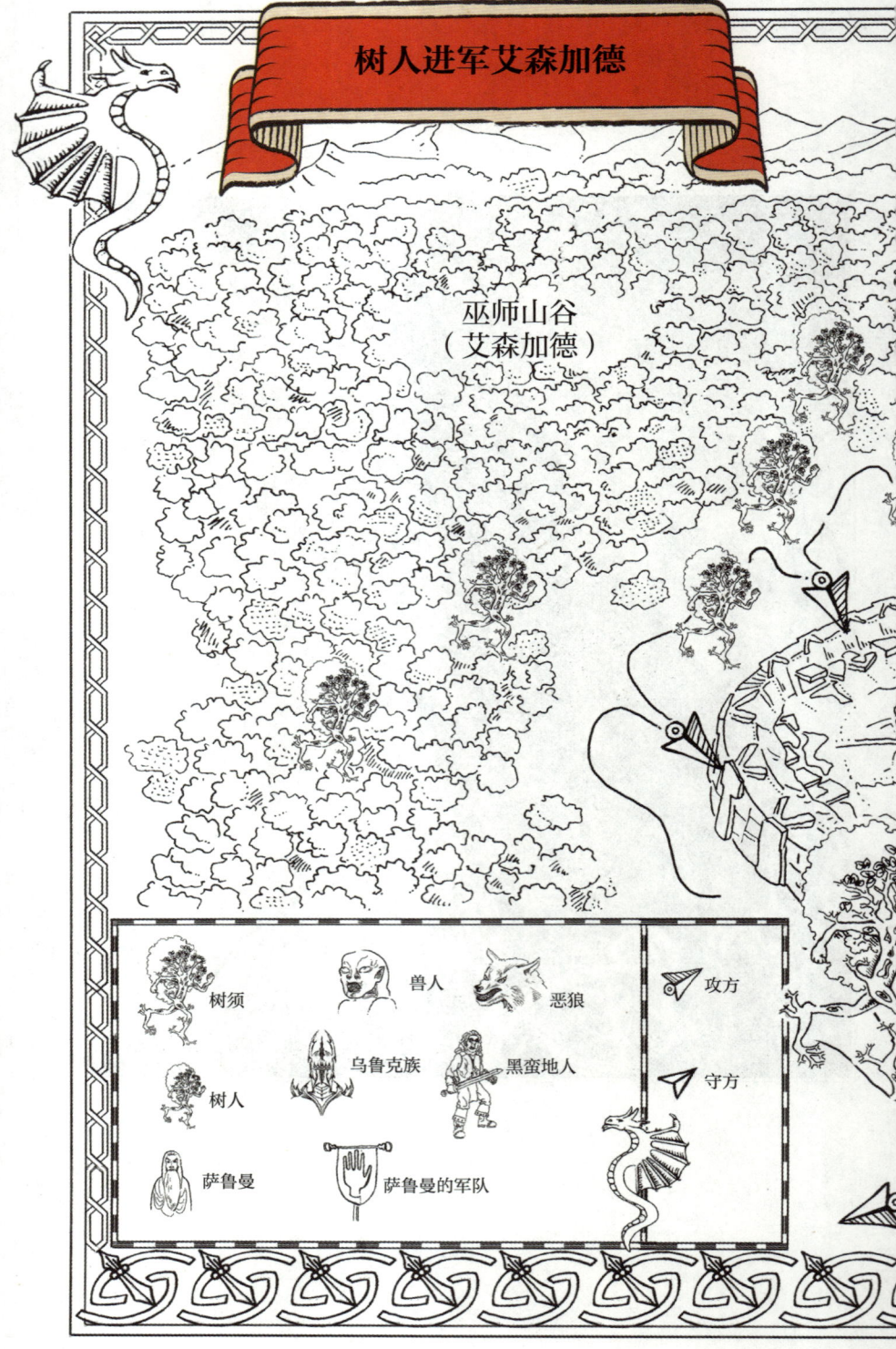

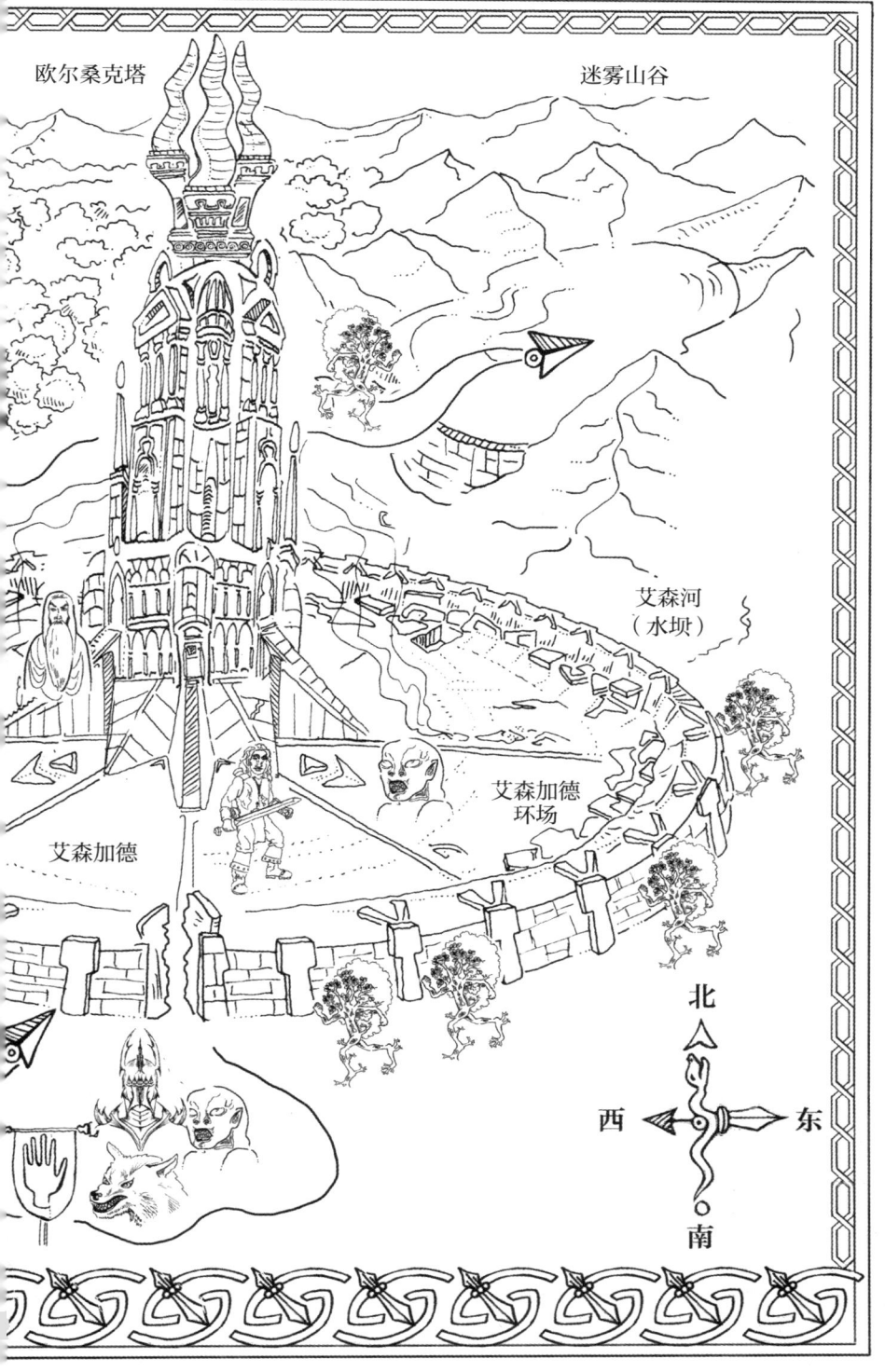

树人袭击艾森加德

佩兰诺平原之战

时间:第三纪元3019年3月25日

地点:佩兰诺平原

第六部分 魔戒大战

米那斯提力斯城

托尔金的战争

佩兰诺平原之战是中土历史上除魔戒大战之外被描述得最详尽也最戏剧化的战斗。它借鉴了诸多真实世界中的军事案例，涉及千年来的欧洲战乱史。

在托尔金撰写的刚铎和阿尔诺编年史中，杜内丹王国的历史有很多方面都借鉴了古罗马帝国的历史。然而，到魔戒大战时期，阿拉贡试图重新统一杜内丹人的阿尔诺王国和刚铎王国，托尔金则借鉴了查理曼大帝的典故。公元8世纪时，查理曼复辟了神圣罗马帝国，恢复了罗马帝国往日的辉煌。

托尔金在给出版社的一封信里直接点出了《指环王》中这些与加洛林王朝（译者注：加洛林家族，神圣罗马帝国的奠基者）相关的意象："这个故事的结束过程更像是罗马领土上神圣罗马帝国的东山再起。"

当然，在地理位置上，托尔金笔下的南北统一王国幅员辽阔，可以与查理曼帝国的浩瀚国土相媲美。

第六部分 魔戒大战

刚铎勇士

《指环王》中的这部分故事发生在中土世界西北部,类似于西欧大陆。托尔金常常提到,在他的构思中,霍比屯和幽谷的纬度大致相同。

托尔金的战争

甘道夫在米那斯提力斯城门前攻击巫王

第六部分 魔戒大战

据他估计,由此推算刚铎和米那斯提力斯城南大约600英里(1000千米)处的纬度应该与佛罗伦萨相当。这表明魔多可能和罗马尼亚或者保加利亚山区以及黑海盆地差不多大。

查理曼帝国和阿拉贡的敌友阵营也有许多相似之处。在佩兰诺平原之战中,刚铎和洛汗的骑兵路遇南蛮骑兵哈拉德人,而历史上查理曼的军队和敌人(西班牙摩尔人和北非撒拉逊人)之间的交战也与之类似。刚铎和洛汗的敌人中还有一部分是古老桀骜的黑蛮地人,他们类似于历史上在比利牛斯山脉龙塞斯瓦列斯山口伏击查理曼麾下罗兰骑士的反叛部落巴斯克(译者注:历史上有名的龙塞斯瓦列斯之战)。

第178—179页是依据托尔金在《指环王》第五部第四章中描述的围城之战所绘制的米那斯提力斯围城战地图。

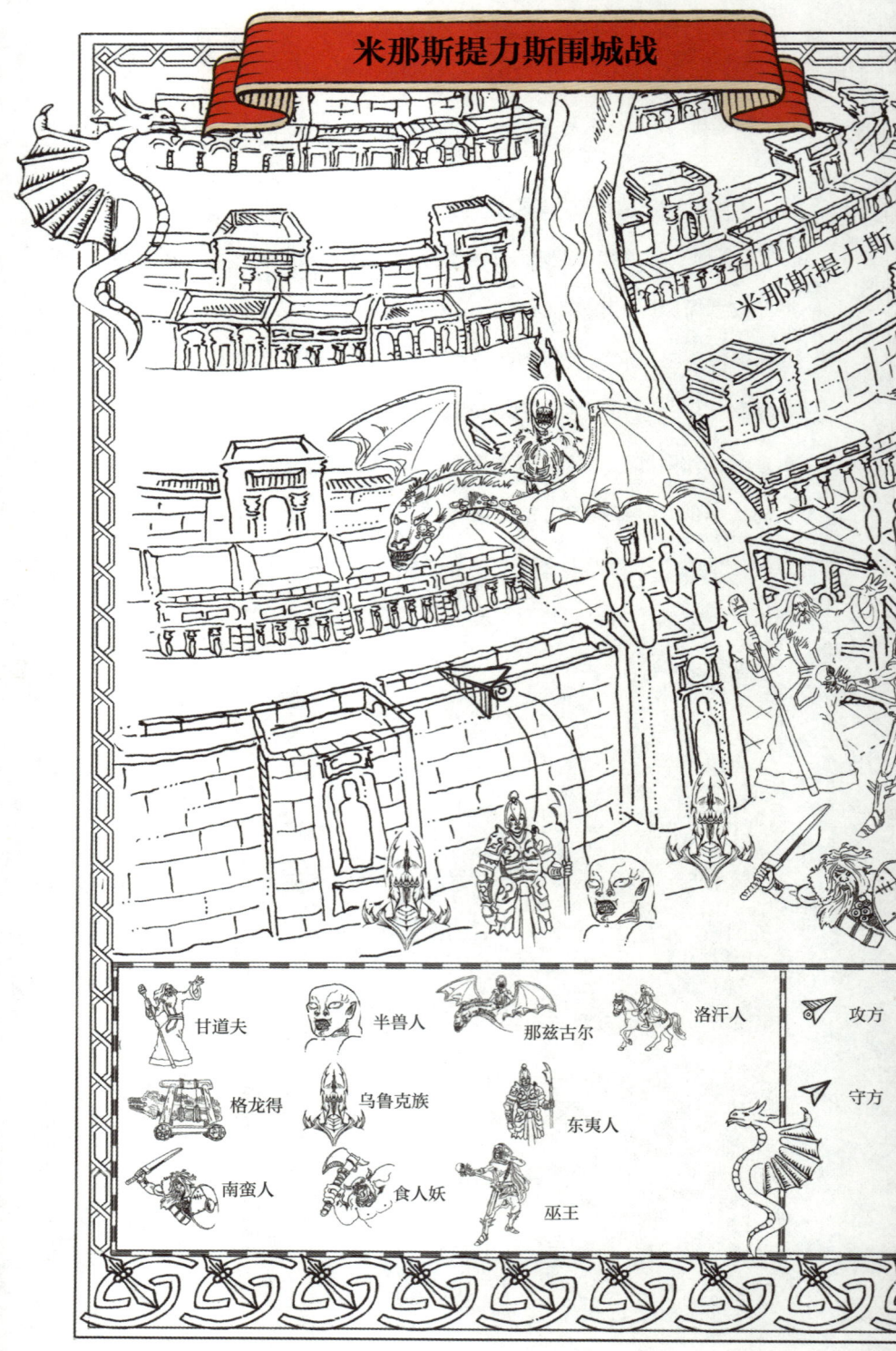

托尔金的战争

但是,佩兰诺平原之战中出现了穆马基尔(和汉尼拔麾下的迦太基战象相似)和一群东夷人,他们长着矮人那样的胡子,手持两把巨大的斧头(类似于晚期拜占庭战场上手持斧头的步兵)。托尔金笔下的军队和兵器描写都参考了这两场分别发生于公元前3世纪和公元12世纪的欧洲战争(译者注:分别为迦太基战争和拜占庭战争)。

如上文所提,在佩兰诺平原之战中,托尔金描写的洛汗骠骑的冲锋借鉴了5世纪罗马人记述的公元451年沙隆之战中哥特骑兵的一次行动。当时西罗马帝国统帅弗拉维斯·埃提乌斯和西哥特王狄奥多里克结盟,从匈人首领阿提拉的疯狂侵略中拯救了西欧各国。

与之类似,早期魔多的盟友中,从鲁恩来的东夷人很大可能取材自历史上12世纪的东罗马帝国臣民塞尔柱突厥人(来自安纳托利亚高原)。可汗德地区的瓦里亚格人也是刚铎东部边境的敌人之一,他们应该和历史上10—11世纪时生活在基辅罗斯的瓦良格人相对应,也被称作罗斯人,即后来的俄罗斯人。

第六部分 魔戒大战

洛汗骑兵的冲锋

托尔金的战争

第188—189页是依据托尔金在《指环王》第五部第五、第六章的叙述所绘制的佩兰诺平原之战地图。

洛汗公主伊奥温

第六部分 魔戒大战

执盾女士与那兹古尔

说到托尔金描写巫王之死的灵感来源，我们不得不再次回顾莎士比亚的剧作。首先，托尔金将巫王的死期定在3月15日，即古罗马历中3月的月中日，也是尤利乌斯·恺撒殉难日（译者注：公元前44年3月15日，恺撒大帝被刺杀。古罗马历中，月中日是厄运的预兆）。在巫王离开甘道夫，自城门处赶去佩兰诺平原应敌时，莎士比亚笔下的预言家本该提醒他"当心月中日的厄运"。其次，在托尔金笔下，为了换得力量之戒和统治世界的幻象，一个凡人将自己不朽的灵魂献祭给了索伦。在他所著的这本奇幻史诗中，这场悲剧性的交易和《麦克白》中的故事差不多：该书中的国王麦克白，逐渐遗失了自己注定要毁灭的灵魂。

巫王的生命受到一个预言庇护，这与麦克白的最终预言几乎一样。在托尔金笔下，巫王"不能被男人消灭"，莎士比亚的麦克白也"无法被妇人所生之子杀死"。

托尔金的战争

当然，杀死巫王的的确不是男人，而是执盾女士、洛汗公主伊奥温。此处托尔金借鉴了历史和神话传说中女性勇者的故事。

第六部分 魔戒大战

阿拉贡驶往米那斯提力斯

黑蛮祠的亡者前来援助阿拉贡

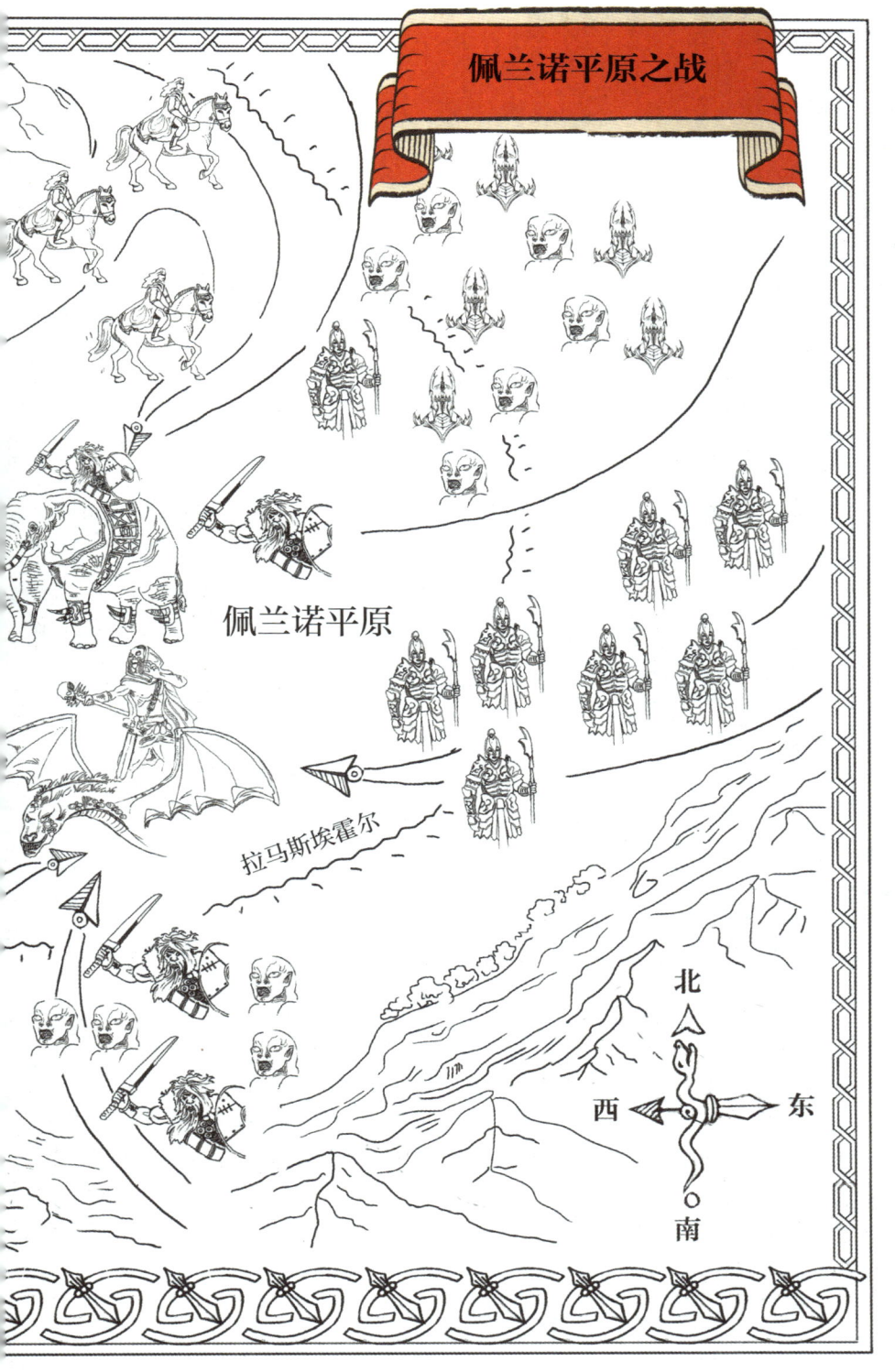

伊奥温杀死巫王

魔栏农之战（黑门之战）

时间：第三纪元3019年3月25日

地点：达戈拉德平原，
中土世界魔多城前

魔多邪黑塔

托尔金的战争

猛犸——哈拉德人军队中的战象，属于索伦阵营，背负攻城器械

第六部分 魔戒大战

托尔金所著的《指环王》与现实世界诸多文化传说有相似之处，故事中无论是英雄还是反派都在身外之物中留下了"不灭的灵魂"。这些传说有诸多起源，然而，把灵魂注入一件金属物（如一枚戒指）之中的这类传说只有一个来源，那便是铁匠法师的典故。

西藏史诗英雄格萨尔王，便是一个典型的故事。[①] 格萨尔是一位勇士、魔法师、铁匠，也是西藏最伟大的国王。他生平的传奇故事表明，古人相信，人类不仅可以将个人的灵魂或者生命保存在一枚戒指或者金属护身符中，还可以将整个朝代抑或整个民族的灵魂与生命存放于此。这和托尔金笔下的史诗传说很相似，当至尊戒被摧毁时，黑暗领主索伦的整个邪恶帝国都随之覆灭。

英雄格萨尔神勇无双，功绩赫赫，成为岭国之王。他受岭国保护神所托，得以进入埋藏岭国宝藏的水晶山脉，这才获得民众的推崇和认可。

---

① 本书中引述的格萨尔王故事，与中国已出版的《格萨尔王全集》或有出入。为保持原著风貌，这里不做比对、修改，请读者阅读时自行鉴别。

托尔金的战争

第 198—199 页是根据托尔金在《指环王》第六部第十章的叙述绘制的魔栏农之战地图。

奥洛格族，一个体形巨大、具有智慧的食人妖种族

第六部分 魔戒大战

毫无疑问,宝藏中最为重要的便是国之御座,御座上放着一个巨大的黄金曼陀罗环,它成为"岭国之脉",中心有一件水晶器皿,装有闪闪发光的"永恒之水"。

格萨尔出生时是个王子,但幼年时,他的双亲便被霍尔国的巫师、首领白帐王杀害。由于继承了魔法的力量,孤儿格萨尔成为一名非凡的铁匠。他用陨铁锻造了一把无坚不摧的宝剑。

格萨尔准备与他的死敌白帐王进行最后的决斗,但他知道,只有毁掉一个巨大的黑铁曼陀罗环,才能真正杀死白帐王。这个巨大的铁环中藏有白帐王及其祖先的魂魄:"它(曼陀罗环)便是我祖先的灵魂,有时它甚至能口吐人言。"然而,没有任何一种方法可以毁掉铁环,炉灶中的火焰甚至无法使其变红,故而白帐王坚信自己十分安全。

但格萨尔不是普通的铁匠,他召唤了自己的神灵兄弟和诸多精怪来到一个巨大的火山熔炉。他们用铁锤敲打黑铁曼陀罗环,声音如雷鸣一般响彻天际。最终,这枚"霍尔国王的生命之环"破碎了,三界都为之震动。摧毁铁环后,格萨尔拿起他的陨铁剑,一剑砍下了白帐王的首级。

托尔金在《指环王》中对魔戒领主索伦的描述更像是融合了格萨尔和白帐王的性格特征。索伦和格萨尔一样,有着超越自然的铸铁天赋,能够铸造出鬼斧神工的作品。他们两人都拥有令人畏惧的

魔栏农之战（黑门之战）

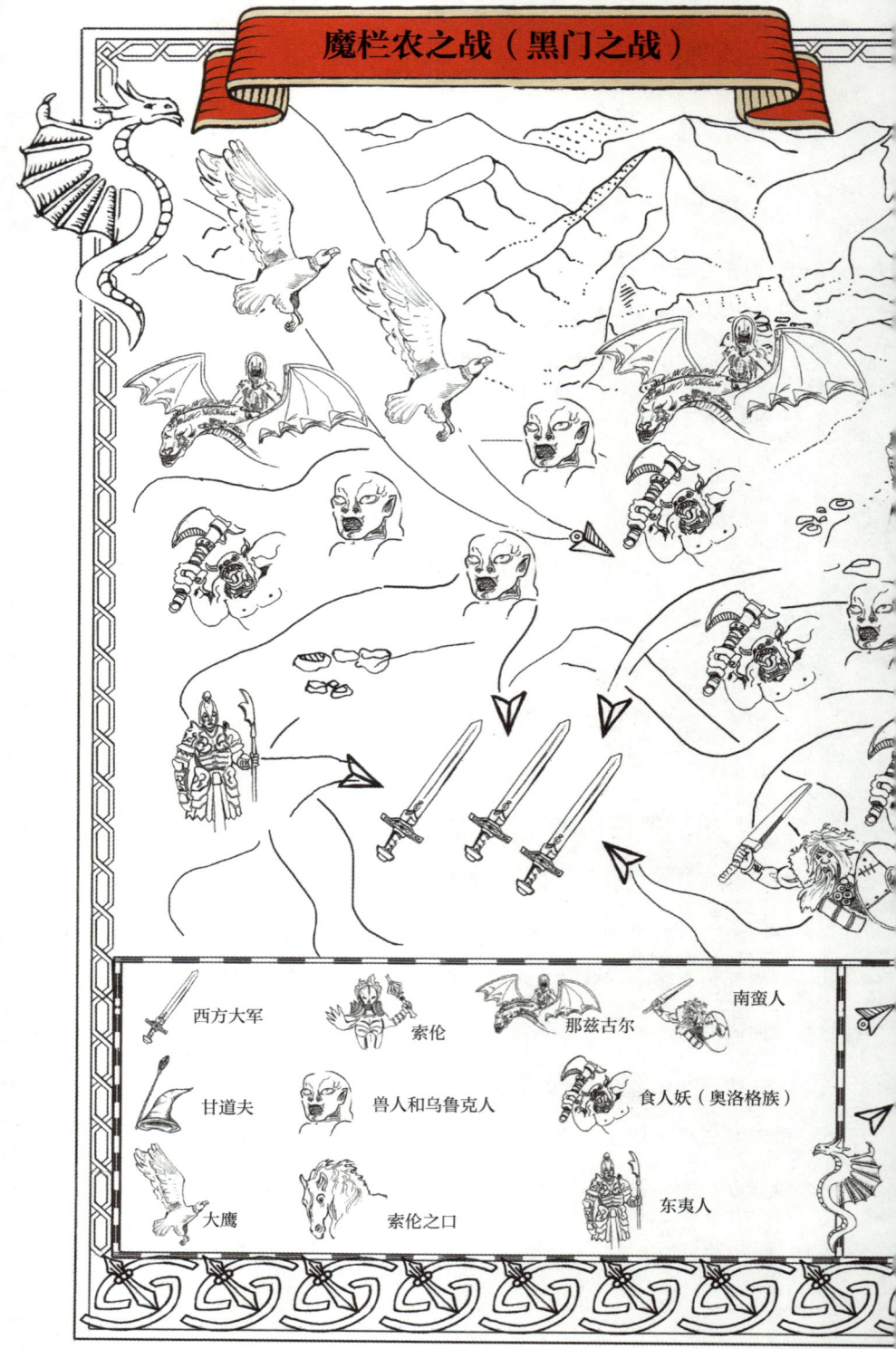

托尔金的战争

飞行中的那兹古尔

第六部分 魔戒大战

魔法能力,都以山脉作为根据地,都凭借金戒指(金环)的力量得以称王,故而都必须保卫它的安全。

岭国国王格萨尔和魔多之王索伦也有许多不同之处。索伦其实更像是邪恶的霍尔国白帐王。白帐王和另外两人一样,也有一枚铁环(或者说是护身符),他必须保卫这枚铁环,以此维护自己的统治。然而,白帐王的金属护身符更像是索伦的至尊戒,因为二者生来邪恶,且有无数巫师为其付出性命。白帐王的霍尔之环和至尊戒都很难被摧毁,凡间的火焰甚至无法将其烧红。只有超越自然的火山烈焰才能将它们熔化。

白帐王的霍尔之环在格萨尔的火山熔炉中被毁,三界都为之动乱。无独有偶,《指环王》中故事的高潮部分与此十分相似,当索伦的至尊戒在末日山中的熔炉里被摧毁时,世界也发生了大动乱,托尔金将其描述为"大地为之震颤,平原炸开了多处裂口,整个世界地动山摇……天空中电闪雷鸣"。

格萨尔是位铁匠、魔法师、勇士之王。对这样的英雄而言,万事皆有可能。他采取了多种方式,铸造出无懈可击的武器,召唤幻影军队,为他的子民创造财富和繁荣。

在亚洲神话传说中,炼金术和英雄、国王们力量之间的关系比欧洲传说中的更为紧密。例如,传说中伟大的蒙古大汗成吉思汗就是铁匠家族的后代。传奇般的鞑靼英雄单于拥有和索伦的至尊戒一

魔栏农之战（黑门之战）

般的戒指，他原有的力量便十分强大，这枚戒指更使他如虎添翼。

欧洲许多与寻找戒指相关的史诗传说都存在这个概念，如《沃尔松格传说》和《尼伯龙根之歌》，但这一点在亚洲神话中有更多的体现。或许是因为东方宗教或者哲学（如佛教）与萨满教之间并不互相冲突，也没有基督教那种排外的传统。东方人也不信奉诋毁甚至消灭这些传统的基督教。

这种古代魔法铁匠的传统仍然对北欧大陆有着很大影响。在芬兰和爱沙尼亚的芬诺-乌格里克人传说中，这类概念尤其突出。其中最为明显的便是芬兰民族史诗《卡勒瓦拉》，托尔金年少时就读过这本书，这对他塑造出自己的魔戒宇宙有着深远的影响。

第六部分 魔戒大战

"绿叶"莱戈拉斯

魔多山脉

魔多的覆灭

傍水镇之战

时间：第三纪元3019年11月3日

地点：夏尔的傍水镇

第六部分 魔戒大战

《指环王》起先只是《霍比特人》的续篇，后来逐渐发展成一篇富有骑士浪漫主义色彩的史诗故事。然而，它在观点和主角设置方面都与传统的骑士浪漫主义小说有所不同。

一位霍比特人弓箭手

托尔金的战争

按照传统,弗罗多·巴金斯应该只是阿拉贡的陪衬。人们总觉得霍比特人太过羸弱,太像人类,无法担当护戒远征的主要角色。反观阿拉贡,他体形巨大、身体强壮、无畏又正直,几乎是个超人一般的存在。

然而,这个"普普通通的"、充满人性的霍比特人却笑到了最后。人类(或者说霍比特人)的伟大智慧胜过了英雄的蛮力,取得了成功。

中土世界的编年史中,第三纪元末期,这种"最渺小的角色反而演绎了最伟大的英勇"的概念尤为明显。很少有人发现,霍比特人的勇敢行为曾多次推动了中土世界重大事件的发展,例如导致巨龙斯毛格之死的比尔博·巴金斯、协助杀死巫王的梅里阿道克·白兰地鹿以及重创巨型蜘蛛尸罗的山姆怀斯·甘姆吉。

故事的结尾,真正在这场护戒远征的战斗中胜出的人也不是高贵的阿拉贡,而是一介平民弗罗多·巴金斯。弗罗多的精神勇气和忍耐力都卓越非凡。

在《指环王》倒数第二章中,托尔金将狭隘的暴政、剥削、欺凌以及这世间更为邪恶的东西清楚地联系在一起。艾森加德的白道会之首、无所不能的巫师萨鲁曼被打败之后,他被剥夺了那份超自然的力量,却仍旧怀着邪恶的欲望,仍旧支配、伤害和毁灭着小部分世界。

作者曾让他在夏尔这片霍比特人的土地上(也是作者本人最喜欢

第六部分 魔戒大战

农场主科顿和人类首领

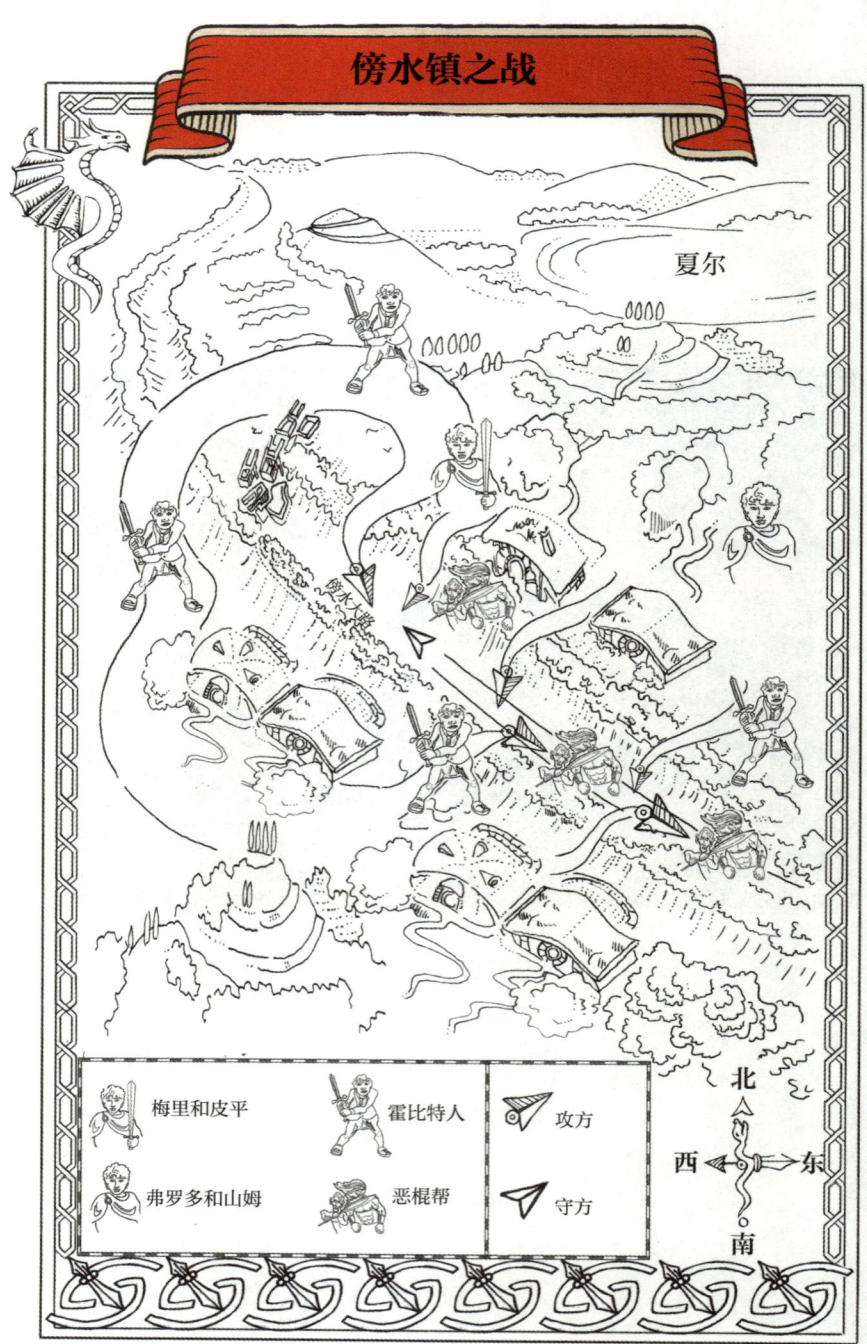

第六部分 魔戒大战

的地方）为非作歹。

托尔金被认为"除了身高以外简直就是一个霍比特人"。他笔下的夏尔取材自他早期童年中的理想乡村西米德兰兹郡，那里保留了他最为珍贵的回忆。托尔金在他充满想象的魔幻小说和学术作品中都曾提起过这座古城对他而言的重要性："用英国人的话讲，我是个地道的西米德兰兹郡人；我自童年时就被盎格鲁 - 撒克逊和西部中古英语的头韵诗歌所吸引，后来我的主要职业也与它有关，这既是缘于血统，也是缘于机遇。"

夏尔在某些方面类似于爱德华七世所提出的"欢乐的旧英格兰"（译者注："欢乐的旧英格兰"，是指建立在英国社会和文化基础上田园牧歌的生活方式和乌托邦观念），它在战火中被贪欲和暴政所摧毁。

第 214 页是根据托尔金在《指环王》第六部第八章的描述所绘制的傍水镇之战地图。

傍水镇之战

托尔金的战争

在夏尔居住的大部分农民都被一个内奸出卖,夏尔的毁灭和其他章节一样有着托尔金式的故事特点。"夏尔平乱"(译者注:《指环王》第六部第八章)中透露给读者一个核心信息:在战争灾难中,没有一处是安全无虞的;在夏尔这样的地方,道德上的失败让邪恶无处不在或是肆虐四方。而这两种情况下,唯有勇气和坚毅才可抵抗并推翻它们。

虽然傍水镇之战被记载为魔戒大战的最后一役,但它却并非一个范围辽阔的军事事件。本质上,它只是一系列死亡人数不过百的小型冲突,却把战争的道德寓意带到了夏尔的霍比特人家门口。"比魔多还要糟糕很多!"山姆说,"非常糟糕,因为它就发生在你家门口。就像他们说的:因为这是你的家,所以在它完全毁灭之前你会一直牵挂着它。"

第六部分 魔戒大战

梅里阿道克·白兰地鹿，洛汗骑士、佩里格林·图克家族成员及刚铎爵士

萨鲁曼之死

和平再次降临夏尔

战争与荣光

第六部分 魔戒大战

从托尔金描写的中土世界发生的大量战役中我们可以看出,他本人是一个虔诚的基督徒,且对极端好战的异教文明十分着迷。在他的异教徒祖先所在的武士社会中,托尔金发现了许多令人钦佩的东西:荣誉准则、效忠宣誓,还有那些令人惊叹的英勇行为。这些东西后来得以正式化,成为中世纪骑士和战士之王所认可的骑士传统。托尔金将骑士精神理解为他所说的被基督教驯服和文明化的"北方贵族精神"的进化体。对托尔金而言,查理曼大帝也是一种"北方贵族精神"的体现。但是,和阿拉贡不同的是,查理曼的贵族精神被神圣化,并得到了更大的意义和荣誉。这些概念被托尔金称为"勇气理论",这是他对自己祖先的无上敬佩。托尔金写道:"勇气理论对早期北欧文学做出了巨大贡献。"

生命满怀敌意,而死亡则是无法慰藉的黑暗与冰冷。古盎格鲁-撒克逊人的世界中并没有神的分别,更不用说人类。托尔金知道北欧众神代表着正确和高贵,但是在这个世界里他们并不是胜利者。众神和英雄们被怪物打败后,便被永恒的黑暗吞噬殆尽——只有他

托尔金的战争

们的英勇传说得以流传下来（只有在那些有幸留存下来的部族或者诗人的文章中有所记录）。如托尔金曾观察到的那样，虽然众神被打败了，但这些人中的强势哲学家认为，失败是全人类注定的命运，甚至也是他们自己的归宿。然而这不过是他们面对失败时给自己找的一个冠冕堂皇的理由而已。

作为一个基督徒，托尔金并不赞同上述说法。但是，托尔金关于"勇气理论"的讨论，在基督纪元之前那个黑暗混乱的时代中有些神奇的相似之处。事实上，它与当代文学（20世纪的存在主义文学）的独立宇宙产生了共鸣，后者与"上帝之死"后的生活有关。托尔金曾认为自己究其一生都不会与其有所关联。

为了模拟现代社会的环境，有时存在主义作家也会关注神话。阿尔伯特·加缪在西西弗斯的神话中发现了这一点，西西弗斯受到的惩罚是一件毫无意义的、重复性的苦力劳动，且没有任何形式的安慰和回报。托尔金自己也承认，所有人类的命运最终都逃不过死亡，但并非只有胜利才能带来荣光。当你怀着一种近乎残忍的真诚时，当你发现只要拥有赤诚的勇气和信念就能实现一切时，你便获得了荣光，托尔金如是说。然而，这些话也可以出自加缪或者任何一位那个年代最为激进的存在主义作家。这是一种古老的哲学，对托尔金而言，这也是一种令人不安的现代哲学。

第六部分 魔戒大战

水手埃雅仁迪尔

中土世界太阳纪元诸王国大事记

第一纪元	第二纪元
贝烈瑞安德,伊甸人领地	努门诺尔,杜内丹人王国
罗瓦尼安,北方人类王国	
贝烈瑞安德,东夷人领地	愤怒之战　鲁恩,东夷人诸王国
	哈拉德,哈拉德人诸王国
多瑞亚斯,辛达族王国	
精灵宝钻争夺战	林顿和灰港,诺多族和辛达族诸王国
贝烈瑞安德,诺多族诸王国	埃瑞吉安(冬青郡),格怀斯-伊-弥尔丹王国
	精灵与索伦
卡扎督姆(莫瑞亚),矮人王国	
贝烈戈斯特,矮人王国	贝烈瑞安德沉入大海
诺格罗德,矮人王国	
安格班,米尔寇王国	愤怒之战
	魔多,索伦王国

人类、霍比特人、精灵、矮人及黑暗魔君的领地

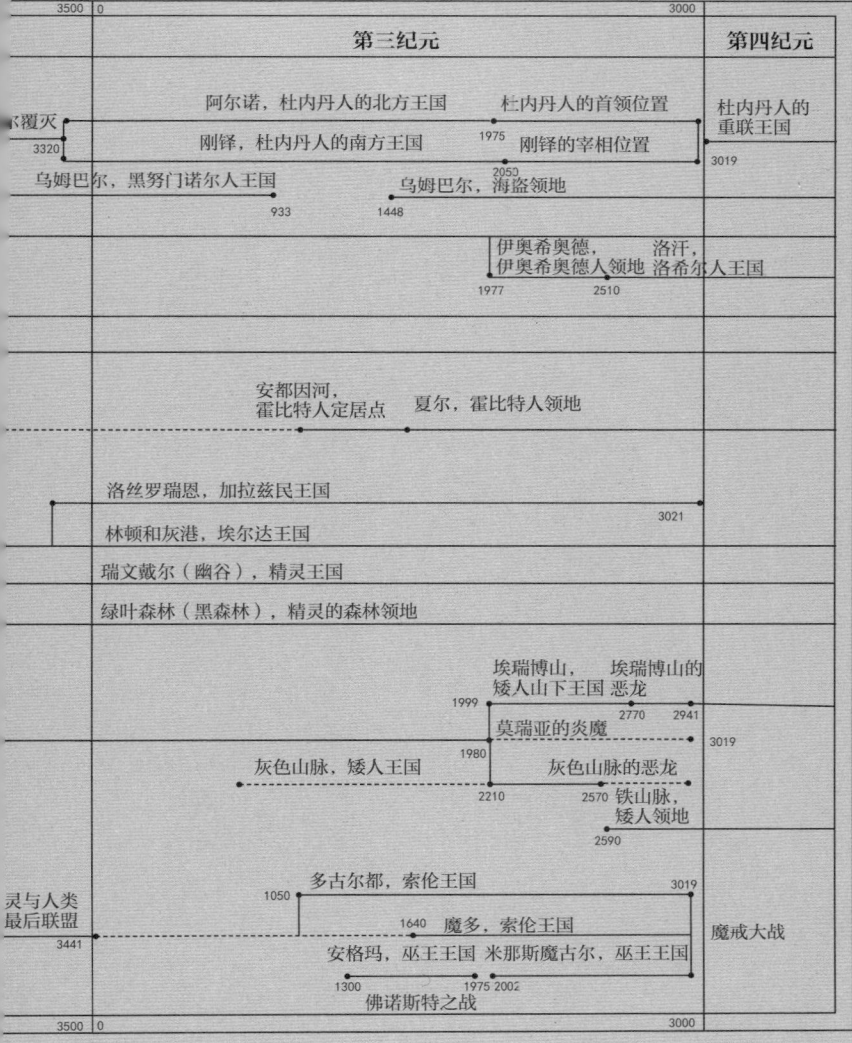